現代のファーブルが語る自伝エッセイ

蝶の唆《おし》え

奥本大三郎

小学館

目次

1 人生の小さな場面……5
2 ふたつの家……15
3 カブトムシ……25
4 共産党……37
5 不思議な缶詰……49
6 戦前の生活……59
7 歳末風景……69
8 溜め池と清水さん……79
9 伊勢の海……91
10 京都の家……105

11 ギンヤンマ……119
12 病気の発端……129
13 病牀三尺……141
14 ラジオデイズ……151
15 とんち教室……161
16 枕元の飼い鳥……173
17 絵物語は夢の缶詰……183
18 小僧の神様……195
19 標本箱の宇宙……205
20 外骨格をつけて大阪見物……215
21 大切なことは蝶から学んだ……227
あとがき……238

イラスト　谷山彩子

1 人生の小さな場面

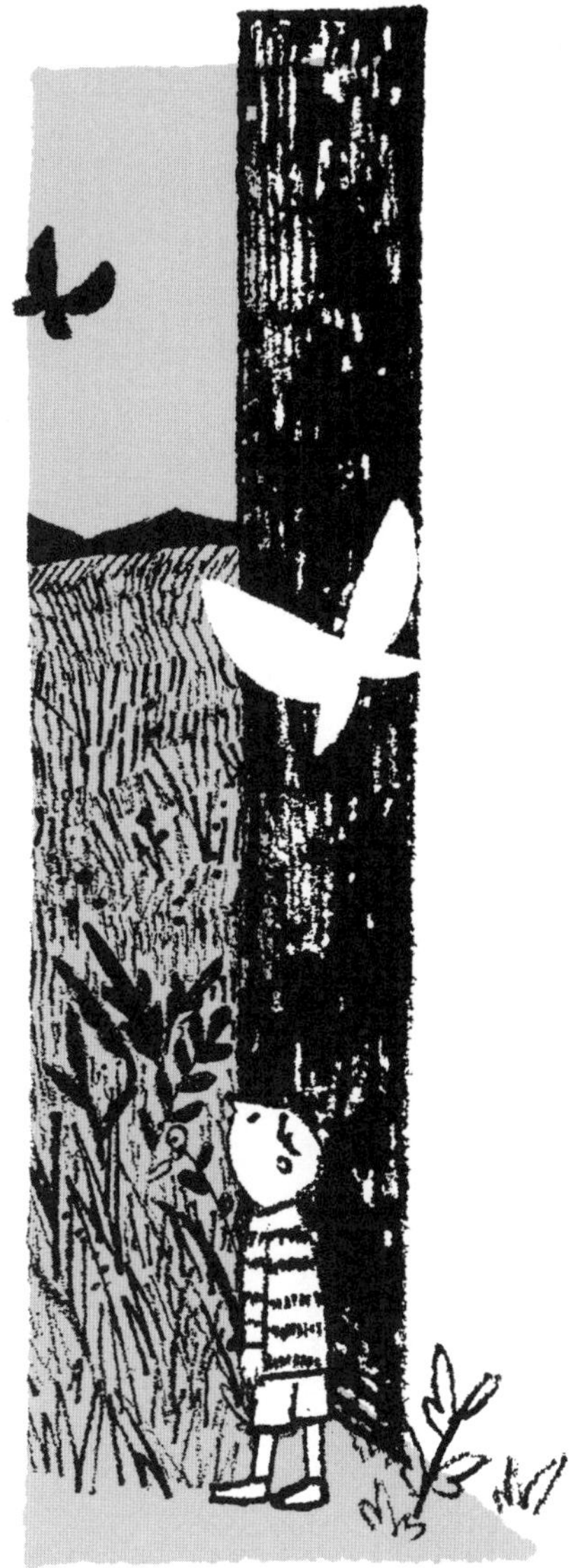

きっかけは、一輪の花であった。

冷たい朝露のきらきら光る、ほの暗い小道で、その花が僕に名を名乗ったのだ。

――ランボー――

乗鞍高原《のりくらこうげん》の夏。霧雨の中でカッコウが鳴いていた。まるで人間が鳥の声を真似《まね》しているような、はっきりしたカタカナ声で「カッコウ」と鳴くのである。ベートーヴェンの「田園」そのまま。本物相手に、わざとらしいというのも変だが、初めて聞いたときはなんだか笑い出したいような気がした。

標高千五百メートルの番所《ばんどこ》という土地である。集落の、誰か知恵の働く人が発案したのであろう、「学生村」と名づけて、広い農家の普段使わない部屋に、都会から学生を呼んできて宿泊させるのがその頃流行《はや》っていた。学生のほうも、友人と合宿するような、避暑をするような気分で、高原のひと夏を過ごすのであった。

大学の同級生と二階のひと部屋を借りた私にとって、信州の自然は、木も草も、そして虫も、初めて出逢うものだった。

しかし、それらは、見知らぬものではなかった。子供の頃から図鑑の絵や写真では見慣れていた、いわば旧知の存在で、それらが目の前に本当にいて、自分から名を名乗ってくれるような気がするのだった。後に南フランスに行ったときにも同様の体験を、私はすることになる。

捕虫網を片手に、人家からも、畑地からもはずれた湿地まで歩いてきたとき、突然マツムシソウに、一羽の黒っぽいタテハチョウが舞い降りた。それが口吻《こうふん》を伸ばし、花の上で翅《はね》を開いた瞬間、あっと思った。クジャクチョウだ！　翅の地色が燃えるような赤であった。

この蝶《ちょう》の標本を手に入れたのは小学五年生の夏、昆虫採集を始めて一年ほどのことである。大学の農学部に入って、北海道の演習林に研修旅行に行っていた長兄が、四角い蚊取り線香の箱いっぱいに蝶を採集してきてくれたのである。

雄鶏のマークの描かれたふたの部分を開けると、三角紙がいっぱい詰まっていた。新聞紙を長方形に切って真ん中に斜線を引くようにふたつに折り、中に蝶を収めてさらに縁を折ってある。これを三角紙というのだが、その縁に「八月二日摩周」とか「定山渓《じょうざんけい》」とか「円山」とか採集データが記されていた。

これを、きちんと展翅《てんし》し、標本にしなければならない。乾いてかちかちになった蝶を湯に浸《つ》け、触角などを折らないように注意しながら、さらに湯を注射して筋肉を柔らかくする。やがて頃合いを見計らって翅を開く。それから展翅板という桐《きり》の木で作った器具にはりつけにして、翅の角度などを整えるのである。これを軟化展翅といっている。採集してすぐの、柔らかい蝶の展翅より、軟化展翅は、遙《はる》かに難しかった。

クジャクチョウだけではない、コヒオドシ、そのあとに、異様に大きいタテハチョウが出てきた。惜しいことに飛び古して、翅が少しすれていたが、まぎれもない北海道産のオオムラサキだった。

「あっ、オオムラサキ！　言うて大江が震えとったぞ」

と兄貴が言った。

大江さんは兄貴の同級生で蝶屋、つまり蝶の採集家である。だからこそ、こんなに効率よく有名採集地を回ることができたのである。

昭和二十年代の終わり頃でも北海道は遠い国で、重いリュックを背負い、どた靴を履いて帰ってきたとき、兄は全身、汽車の煤《すす》まみれであった。

こうなったらもう、学校の勉強どころではない。昆虫採集の本を頼りに、蚊取り線香の箱の中の宝物のような蝶を次々に展翅することに、小学五年生の私は熱中した。

そのときの、死んで翅の色が全体に黒ずんだように見えたクジャクチョウの標本と、目の前の輝いて見える蝶とのなんという違い。生きている蝶の美しさを私はまざまざと見た。神話にある通り、その赤い翅には、青い大きな「イオの瞳」が描かれている。大神ゼウスによって白い雌牛の姿に変えられ、ゼウスの妻ヘラの送ったアブに悩まされた美しい娘イオは、ナイルの畔《ほとり》でさめざめと泣いた。その涙の雫《しずく》を、この蝶は翅に残しているのだという。ヨーロッパ、ギリシャ……遙《はる》かな国、遠い昔のイメージを、二十歳前の私はこの翅の表に実際に読み取ることができた。

大学の二年生だった。自分は何をしたいのかぼんやりした悩みはあった。大学に入ってからというもの、好きな本を読んで、好きなことをしているだけ。こんなに好きなことばかりしていていいのだろうか。我慢して何か将来の仕事につながるようなことをしなければならないのではないか――。

現に、学生村でも、同年輩の人たちが、『六法全書』に定規を当て、赤鉛筆で線を引いて、夜遅くまで頑張っていた。ちょっと見せてもらったら、分厚い辞書のような本に、ぎくしゃくした、ぎこちない文章で、難しいことが書いてある。とてもまともな日本語とは思えない。一遍読んただだけでは、何が言いたいのかわからないが、人間の悪意を想定した、ありとあらゆる場合について用心がしてあるのだという。しかし、

「試験を突破すれば、権力を手にすることができるんだ、たとえば、君なんかが、何か法律に触れるようなことをすれば、俺が裁いてやる。手も足も出まい。それに、何かしらの法律に触れていない人間なんていないしなあ」

と、司法試験をもう何遍も落ちて浪人をしているという、老けた学生は、夜食のチキンラーメンをすすりながら、割箸で私を指して言うのだった。

大変だなあ、自分にはとても無理だ、やっぱり美しい文章でないと読みたくない、と私は思った。こんな武器を持った人間にはとてもかなわない。

それに較《くら》べて私は、こっそり古本などを読んでいたけれど、その話は人にしなかった。相手にされないだろうという気がしたし、プチブル趣味と罵られるのが落ちだと思ったからである。鵞鳥《がちょう》料理のコツについて記した昔の中国の美食家の随筆を読んで雲林鵞（ユンリンヌー）というその名に憧れ、口中に唾の湧くのを覚えたり、白樺《しらかば》の皮に青いボールペンで、ランボーの詩を書き写したりしているだけであった。こんなことしてていいのかなあ、と思わぬでもなかったけれど、このクジャクチョウの赤い閃《ひらめ》きが、教えてくれる、というより教唆してくれたの

だった——嫌なことを我慢することはない、今まで通りでよいのだ。第一、お前には、嫌なことなんてできないし、続かないではないか。

機械が好きか、生き物が好きか——子供の頃から、誰でも好きなものは無条件に決まっているようである。では、なぜそれが、そして何時《いつ》から好きなのか、と訊《き》かれてもたいていは答えられない。「そういえば物心ついたときから好きだったなあ」と、世界の名だたる動物学者を集めた会議でアンケートを取ったら、たいていのメンバーがそう答えたそうである。ダーウィンだって自伝にそんなことを書いている。

具体的に物が好きでない人は、抽象的なアイデアや思想が好きであったりする。これは、昔の警察式にいえば、危険なタイプということになる。

私の最初の記憶のひとつは、父親の指に挟まれてぶるぶると身をもがいている、黄と黒の大きな、大きな蜻蛉《とんぼ》である。碧緑《へきりょく》（エメラルドグリーン）の大きな眼がこっちをじっと睨《にら》んでいた。嚙《か》みつこうとして大きな顎を開閉し、翅を人間につままれて閉じたまま、脚を縮め、なんとか飛び立とうとして身を震わせていた。三歳の私はたちまち、一種、呪文をかけるような、虫の眼の魔力にとらえられ、その世界に引き込まれてしまった。

この子は生き物が好きなんだな、ということは、親にも、兄弟にも、既に知られていた。オニヤンマに似た黄と黒の縞模様《しまもよう》の大型の蜻蛉が、朝露に濡れた庭の皐月《さつき》の葉にとまっているのを座敷から目敏《めざと》く見つけた父は、だからこそほかの兄弟に、ではなく、まだ眠っていた私のところに持ってきて、目の前にかざすようにしてから、起こしてくれたのであろう。

夏とはいえ、朝のうちの気温がまだ低くて、反応の鈍かった蜻蛉は難なく父の両掌《りょうてのひら》にとらえられてしまったのである。

父のこの行為は、既に開きかけていたひとつの世界への扉を、大きく開いてくれるものであったが、もし私が、虫が嫌いでたまらない子供であったら、トラウマのようになってしまった可能性もあった、と私は他人の話を聞いて思う。ゴキブリがこっちに向かって飛んできたのが怖かったとか、蟬《せみ》が顔にぶつかって、それ以来イヤでたまらないとかいう人がいるのだ。幸いにして、私に限ってそんなことはあり得なかったわけである。

兄弟は五人。やがて妹が生まれて合計六人になるのだが、子供六人というのは、その時代でも子だくさんのほうであった。それより以前は、子供というものは、八人とか十二人とか、もっとたくさん生まれるのだが、そのうちの何人かは、赤子のうちに死ぬのが普通であった。抗生物質が普及しない時代、感染症にかかった子供のあっけない死を、親は諦めるしかなかったのである。

そういう私自身、死んでもおかしくない状態に、何度か陥っている。三歳か四歳で肋膜炎《ろくまくえん》にかかったのがまず最初。

近所の医者が、腹部にたまった水を抜こうとして太い注射針を脇腹に刺したときに、痛さに暴れ、針が折れて、体の中のどこかに行ってしまった、ということがあった。大人ふたりが押さえつけていたのだが、子供の力でも死に物ぐるいになればたいしたもので、しかもその大人ふたりは父と母である。か細い子供の体に、つい力を加減したのであろう。

後に胸部のレントゲン写真を撮ると、「ああ、こんなところに針が……」と、肉が絡みついたような白い針の影が見つかったりした。それが心臓まで来ると死ぬのだと、なんのつもりか、怖いことを言う病院の看護婦さんもいたけれど、その針はやがて行方不明になって、レントゲン写真に写らなくなった。

その頃は、注射針も注射器も大切にされていたのだ、と書いておく必要があるだろう。ガラスの注射器はもちろん使い捨てではなく、鍋で煮て、というか煮沸してずっと使っていたし、針のほうも、先を小さな砥石《といし》で磨《と》いで何遍も使うのであった。

それに、普通の家庭で素人が、気軽にビタミン剤などを注射していたし、戦地にいたときは軍医殿のお手伝いをしていました、などという器用な人が父の会社にいて、アルコールを染ませた綿花で二の腕をさっと拭き、チクッと注射していたものである。ニューギニア戦線にいたその人は、飢えて鼠を食うような体験をしたが、逆に夜寝ているときに鼠に鼻をかじられたと言った。なるほど、その痕らしいものが鼻の頭に認められた。そういえば、幼い私の脇腹に刺された針は多少劣化していて、体内で錆《さ》びて砕けたのかもしれない。

2 ふたつの家

戦争の末期に、私の一家は空襲の激しくなってきた大阪市内から、南のほう、和歌山に近い和泉葛城山《いずみかつらぎ》の麓に疎開したのだった。やがて敗戦。父は貝塚の、南海電車の駅から少し山側にあった製粉工場を買い取って、戦前からの仕事を続けた、ということのようである。

貝塚駅から、水間鉄道《みずまてつどう》という単線の電車が、田園地帯を水間観音の駅まで走っていた。車輛《しゃりょう》は、二輛連結のこともあるが、一輛だけのことが多かったように思う。それこそマッチ箱である。

水間観音は、後に、作家で僧侶の今東光《こんとうこう》が住職を務めたお寺で、由緒のある、まさに古刹である。もっとも、関西のこうしたお寺はたいてい江戸時代よりもっとずっと前の建立で、歴史の塊のようなものである。

その頃父は、自宅から一キロほどの道のりを工場まで歩いて通っていた。事務所もそこにあり、後に一家で住む家も事務所に隣接していた。

五歳にもならぬ頃、父について製粉工場に行ったことがある。自宅のある場所は田んぼや畑をつぶして役所の建物や民家が建つ新開地で、都市計画も何もないらしく、ごちゃごちゃしていた。

しかし、水間鉄道の線路からそれて建物の間を抜けると、まるで芝居の幕でも開けたように、急に青々とした麦畑の広がる光景が見えた。土地は起伏し、小川が流れて、その岸辺に灌木《かんぼく》が生えていた。そしてその向こうに父の製粉工場がお城のように聳《そび》え立っていた。実際に木造五階建ての、田んぼの中に立っているにしては大きな建物だったようである。

海外から輸入した小麦を、何段階もの機械で碾《ひ》き、小麦粉にして篩《ふるい》にかけたあと袋に詰める。その篩が四畳半の部屋ぐらいもある巨大なもので、いつもぶるぶる細かく振動していた。

戦後の餓えの時代をようやく脱しかけた頃である。農林省からはしきりに食糧増産の声がかかった時代であった。「やりがいがあったな」と後に父が言うのを聞いたことがある。

麦畑の見えるあたりで、父に教えてもらった歌がある。「か〜きに、あ〜かい、は〜なさく〜」という歌で、最後に英語で「ろんぐ、ろんぐあご〜、ろんぐあご〜」と繰り返すのであった。

後にこの場所に来ると、もうひとつ自然に浮かぶ歌詞とメロディーがあった。それは「小暗《おぐら》き夜半《よわ》を、独りゆけば、雲よりしばし、月の漏れて、ひと声何処《いずこ》、鳴くホトトギス。見返る隙《ひま》に姿きえぬ。夢かとばかり、なおも行けば、またも行く手に、闇は降りぬ」というのである。これは、もう少し大きくなってから、姉に教えてもらった歌のような気がする。あとで調べてみれば、英国のメロディーだったが、それにつけた歌詞が上手にできていて、昔の人の翻案、翻訳はさすがにたいしたものだと、大人になってから思った。しかし、ホトトギスというのは、死に結びつく鳥で、なんとなく不吉な感じのする歌でもある。

その日、四歳の私は、粉のためにどこもかしこも真っ白になっている工場の中に入れてもらった。そこで働いている工員さんたちも、頭から足の先まで真っ白になっている。「真っ黒になって働く」という言い方があるけれど、製粉工場では、真っ白になるのである。

事務所の洗面所の鏡の前に、長いこと、真っ白なカエルがちょこんと置いてあった。木製の置物に白いペンキでも塗ったような感じであったが、それは、ある日そのカエルが工場の中にまぎれ込んできて、まわりの粉に体外、体内の水分を吸われてしまって乾燥しているところを発見された、というのであった。まさに白いカエルの即身仏のようであった。

工場のほうに行くと、「こうやん」と呼ばれている、若い工員さんがいた。幼児が機械に巻き込まれたら大変だと気を遣ってくれたようである。

そこに、窓から一羽の雀《すずめ》が舞い込んできた。「おーい、早《は》よ、閉めい、そこの窓!」とみんなで大騒ぎをしてとうとう雀を追いつめると、私に摑《つか》ませてくれた。

手の中で温かい、柔らかい雀の心臓がトクトク鼓動を搏《う》っているのが伝わってくる。こうやんが小さな紙箱を探し出して、紐《ひも》をかけて渡してくれた。帰り際に「すき焼きに入れてもらえ」と言うのだった。

「なんですき焼きなんや」と私はその後もしばらく考えた。すき焼きは、今もまあ、そうだが、当時、最高の贅沢《ぜいたく》である。「社長の家では毎日すき焼きを食べている」と、こうやんは、思っているのか。幼児の私だが、そこに妙に引っかかるものを感じた。

色が白くて、頬にほくろのあるこうやんは、細身だが怪力の持ち主で、昼休みにみんなの前で、バーベルを片手で持ち上げてみせることができた。

後の話だが、こうやんがこの頃元気がない、という話を聞いた。

「結婚のことで話がややこしなってるんやて」

つまり、問題がこじれている、とうちの女中さんが言った。

「なんで」と私が訊《き》くと、

「こうやんとこ、片親があっちの人やねん」

という話。

朝方、夜勤が終わって工場から帰るこうやんに、これから学校に行く高校生の私が出会うと、こうやんはまるで老人のように、しおれ、うなだれ、うつむいて自転車を押している。顔の色は、色白どころではなく青白い。思わず私は、

「こうやん元気出しいな」

と言ってしまった。こうやんは私の顔を見て、寂しそうな笑いを浮かべ、

「そやな、三郎ちゃん、わいは日本の子《こう》や」と言った。

幼児に時間を戻せば、帰りの田んぼ道、私は、箱の中の雀が気になって仕方がない。隅のほうをちょっと開けてみようと、ふたをほんの少し上げかけたら、命あっての物種、雀はもの凄《すご》い勢いで、ばーっと飛んでいって、おかげで私は殺生をしないで済んだ。

製粉工場に隣接した家に引っ越すことになったのは、五歳のときのことであろうか。その家には、本格的に引っ越す前から、ときどき行っていたようだが、細かいことは覚えていない。それは、古い、大きな、ちょっと文人風というか、支那風に凝った家で、昔の言い方だと「木口《こぐち》を吟味した」家のようであった。ただし、家中にやたらと高低差があって、今でいうバリアフリーどころではない。真ん中に光庭が取ってあり、それをつなぐ廊下があった。一番奥の客間などは、手すりにもたれて庭の池を見るようになっていた。こういう欄干を、昔は欄《おばしま》と言ったのであろうか。上田敏《びん》の訳詩で私はこの語を覚えた。

その部屋を挟んで、池の反対側は枯山水で、石塔があり、屏風《びょうぶ》のような岩があったりして、なかなか凝った造りだったようである。

しかし、肝心の住み心地はちっともよくなく、冬の寒いときには、いくら襖《ふすま》を閉めても家の中を風が吹いて渡った。

家の裏手、白壁の塀が小川に突き当たって尽きるところから、ぐるりとカラタチの垣根がめぐらせてあった。

〽からたちは畑の垣根よ

と唄《うた》ったのは、テノールの藤原義江《よしえ》、作曲は山田耕筰《こうさく》、作詞は北原白秋である。しゃりしゃりと針の音がするレコードでいつも聴いている、その歌のカラタチが、刈り込まれずにひょろりと伸びて、屋根に届くぐらいの高さになっている。そうしてそれが、頑丈な白木の柵に副《そ》わせてあった。

――というのは話が逆で、まず頑丈な木の柵を塀として裏庭のまわりにめぐらせ、それにカラタチをはわせたのが大きくなったのであろうか。私にとっては、カラタチがアゲハの食樹、つまりその幼虫の食べる植物なので、つい、物の順序が違ってしまう。

カラタチのことを京都人の母は「枳殻《きこく》」と呼んだ。京都には枳殻邸というところがあるらしい。きっとそのまわりにはアゲハがたくさん飛んでいるだろうと思った。

初夏の頃、カラタチには白い花が咲き、いい匂いがした、秋には濃い緑の球のような実がなって、やがてそれが金色になる。これも柑橘《かんきつ》の仲間のいい匂いである。通りがかりの人が「食べられますか」とときどき訊くことがあるくらい。

しかし、カラタチの棘《とげ》は鋭く、痛い。その棘に小さなカエルや、時にはカナヘビが刺されて、黒くひからびて死んでいた。モズの仕業であるという。

「これはなあ、モズの速贄《はやにえ》いうてな……」

秋になるとけたたましい声で鳴くモズは、こうして餌の小動物を棘に刺し、保存食とするのだそうだ。

「……もっとも、刺すだけ刺して、食べるのを忘れることもあるそうな」と父が言った。それで私も溝のドジョウを捕まえてきて、ぴんぴん跳ねるのを、生きたままカラタチの棘に刺してみた。そして、それがあとにどうなったか、たしかめるのを忘れた。

家の中では、台所から、お膳に熱いものを載せて、段差のある長い廊下を奥の座敷まで運ぶのには、母も女中さんも気を遣ったにちがいない。段に蹴つまずいたら、熱いものをぶちまけて自分も火傷《やけど》をする。

台所には竈《かまど》がふたつ。燃料はもちろん薪《まき》と炭である。風呂の焚《た》き口《ぐち》には、火の用心のために、浅く水を張るようになっていた。

その風呂の火に、夏の虫が惹《ひ》きつけられ、クスサンのような大型の蛾《が》が、水面に翅《はね》を広げて浮かんでいることがあった。

水生昆虫のハイイロゲンゴロウやシマゲンゴロウは、水に落ちたのを幸い、そのまま、浅い水の中で忙しく肢《あし》を動かして泳いでいる。それを掬《すく》ってコップに入れると、底に沈んだり、また水面まで昇ってきたりしながら、元気そのものである。

風呂の横は炭小屋で、夜遅く外に出ていて閉め出され、炭俵の上で寝ていた猫のミイは、体が真っ黒に汚れていて、家に入ろうとすると「こんなもんに、家に入られたらかなわん」と言って女中さんに追い出されるのであった。

最初の家からの引っ越しも近づいた頃、元の家からそこに来て、次兄とふたり、競うようにして風呂場まで走ったことがあった。お風呂に水がたまったか見てきてくれと、大人の人に言われたのだった。本気で走った私が先に着いたのはよいけれど、その勢いで五右衛門風呂の水の中にそのままどんぶりこ、と落ちてしまった。

次兄が見に行ったときには、頭の重い五歳児が、水中でくるりんくるりん回転していたそうである。

それ以来、いまだに水が怖い。幼稚園のときに海水浴に行って中耳炎になったこともあって、私は泳げないし、どうかすると、いまだに西洋式の、脚を伸ばす風呂に入っていてさえ、底がつるりと滑りそうになったりすると、一瞬ひやりとすることがある。シャワーで頭を洗っていて、水責めの拷問を想像して、叫び声をあげそうになることさえ、ひと頃はあった。

3

カブトムシ

その古いほうの家に話が戻るけれど、座敷に一家が集まっていた夜、私はカブトムシというものを初めて見た。赤い漆塗りのつるつる滑る座卓の上で、異様に大きなその虫は、逆さまにひっくり返っていた。かしゃかしゃ音をたてながらもがいている雄のカブトムシが、いきなり鞘翅《しょうし》を開いて、ブーンと、びっくりするほど大きな羽音をたて、翅《はね》と角とを使ってくるりと起き直った。

この雄のカブトムシは長姉が学校で男の子からもらってきたものであったが、ちょうど家には、前夜、電灯に惹《ひ》かれて飛来した雌の虫が、針金の鼠捕《ねずみと》りに入れ、トマトをやって飼ってあった。それを想《おも》い出して誰かが、ほら、と持ち出してきた。

雄と雌、二匹のカブトムシが机の上に並んだのを見て、私は、「これで、揃《そろ》った」と満足感を覚えた。生まれつき収集癖があったのにちがいない。完全に揃ったことが大層めでたい、素晴らしいことのように思われた。

そうやって、座卓の上で脚を滑らせている二匹のカブトムシを家族中で眺めているとき、突然、違い棚の上に置いてあったブリキの客船のスクリューが、ガーと鳴って回転した。みんな驚いて顔を見合わせ、そして笑った。戦争中、山の中に疎開するとき、こんなものまで引っ越し荷物に入れる余裕はないはずだが、これは特別だったのだろう。戦前の贅沢品《ぜいたくひん》であった。戦前のデパート文化の名残というべきか。だから、幼児の私の手の届かぬ違い棚に載せてあったのであろう。

歳《とし》の違う六人の子といまだ若い父母。それぞれ、笑いについての感慨は違ったはずである。上の子供たちにとってはお腹《なか》いっぱい物が食べられる嬉《うれ》しさ。しかも、戦争前と同じように、バナナとチョコレートがまた食べられるようになったのである。

私にとっては、突然鳴ったブリキの模型の音の不思議さと、目の前のカブトムシの魅力以外のものは、存在しないかのようであった。

雄のカブトムシは、濃い赤茶色で、角は黒味がかってまっすぐに突き出し、先はりゅうと反《そ》ってから二股に分かれている。それが幼児の私には、全世界にも等しい魅力を有していた。

だが、両親にとっては、もう空襲の心配がないこと、子供に腹いっぱい食べさせてやれることがありがたかったにちがいない。

敗戦からいまだ五年も経《た》っていないのである。ラジオからは「あ〜か〜い〜リンゴに」という女性の歌声が繰り返し繰り返し聞こえていた。

その頃の歌で、いまだに頭の隅に引っかかっているのがある。あまり品がいいとはいえない、

「ズンドコ節」の替え歌で、兄弟の誰かが、外で覚えてきたものであったろう。それは、

　青い顔してナンバ粉食べて〜
　肩で風切る小粋なおとこ〜
　……ましょうか、……られましょか、
　アイスキャンデで火傷した。

　というもので、「……」の部分は思い出せないが、「不良っぽい歌」という気がした。それから、「アイスキャンデー」と伸ばさないで、「デ」で止めるのが関西弁である。

　街には本当に栄養失調気味の、青い顔をした少年、青年がうろうろしていた。ナンバ粉とは、ナンバンキビ、つまりトウモロコシを碾《ひ》いた粉である。昭和の二十三、四年頃には、まだまだ食糧が欠乏していて、そんなものをパンに焼いたり、お好み焼きもどきにして食べていたのである。

　毎日、夕方になると、菊田一夫の「鐘の鳴る丘」が、古関裕而《こせきゆうじ》の、寂しいハモンドオルガンの主題曲とともに、ラジオから流れてくるのだった。そのドラマが映画化されたのを、なぜか

小さな私までが映画館に観に行ったのだが、戦災に遭って、家も親も失った貧しい子供、いわゆる「浮浪児」が、やむを得ぬ事情で無賃乗車をした場面が忘れられない。車掌が検札に来た！それを逃れるために少年は列車の外にぶら下がり、振り落とされる。土手を転がり落ちる少年……それでずーっと、列車の連結器のあたりを見ると、嫌な気分になるのだった。

進駐軍の兵士が私服でのんびり歩いているのが大阪の田舎の町でもよく見かけられた。ある夜《よ》、一家で父の言うカツドウ、つまり活動写真を見に行った帰りのこと、長兄に肩車されていた私を見て、中年の進駐軍兵士が、「ナイス・ボーイ」と言ったのだそうだ。そして見たこともないような、大きな板チョコをくれたのである。家に帰って、その板チョコをぱりっと割ってみんなで分けて食べるときに、父が、「毒が入ってるかもしれんぞ」と冗談を言ったので、私は心配になった。そのあとで父は「あのアメリカの兵隊さんも故国に、この子ぐらいの息子がいるのかもしれんな」と母に言った。

家と製粉会社の倉庫の間の空き地に、ソラマメの畑があった。母が作ったのにちがいない。京都の田舎育ちの母は、畑を作ったり、鶏を飼ったりするのが好きであった。それにまだまだ戦後の食糧難の時代で、いわゆる家庭菜園が流行《はや》ってもいた頃である。

豆の花が咲く頃、「豆の木」は子供の背丈ぐらいだった。畑の中に入り込むと、姿が隠れ、外の人には私が見えないし、私からは、外が見えなくなってしまう。あたり一面に咲いている白い花に、モンシロチョウがちらちらと飛び、とまっては蜜を吸う。ソラマメの花は白くて、花びらの付け根に紫がかった黒い斑点がある。蝶《ちょう》のほうもただ白いだけではない。白地に黒い紋があり、そのためになんとなく、人の顔のような表情がある。

春の日の光のまぶしい中で、私は蝶を捕まえようと、花の中をさまよう。動くものを摑《つか》もうとするのは幼児の本能である。ソラマメの花はじっとしているけれど、白い蝶は人が近づくと飛び立つのだ。「はな」という言葉や、「ちょう」という言葉を、私はその頃既に知って区別していただろうか。

今飛んでいたかと思った蝶が、ふい、と花の中に入り込む。すると、花と蝶の見分けがつかなくなるのである。このあたりか、と手で触れてみると、花の中から蝶が飛び立つ。私には、ますます、何がなんだかわからなくなった。花と蝶とが同じ素性のもののように思われ、蝶がソラマメにくっついて花になったり、花がそこから離れて蝶になってまた飛び立ったりするように思われた。

そばで見ていた誰か大人が、何度か失敗したすえに、掌《てのひら》でぱっと蝶を捕まえてくれた。逃れようとぱたぱた羽搏《はばた》いている虫に触らせてもらうと、蝶の翅は思ったよりも柔らかで、その感触は妙になめらかであぶらっこい感じがした。子供の指につままれて、粉が薄く、半透明になった蝶をまた放してやったあとの指先には、ぴかぴか光るような白い粉が残った。

誰でも一生のうちには何度か、死にそうな目に遭っているものである。その原因は、たいてい事故か病気で、前者は自動車などの普及で増加し、後者は、医学の進歩で減少したわけである。しかし私は小さいうちにその両方で死にかけた。

幼稚園は、古い神社とお屋敷の間を抜けたところにあった。うちの隣に住む、双子のいとこと一緒に通ったのだが、私には島田のおばちゃんがついてきてくれた。島田のおばちゃんは、母の姉である。亭主とは離婚し、息子さんがひとりいたのだが、ソロモン諸島で戦死、という話であった。

ソロモン諸島という名は、それで幼い私の胸に焼きつけられた。後に私は、その島々の青い豪華蝶、トリバネアゲハに憧れることになる。戦前の小学生全集の一冊、横山桐郎の『虫の絵物語』の口絵に天然色で出ていた蝶である。

そのおばちゃんが、六人の兄弟姉妹のうちで私をひいきにし、とうとうスポイルしてしまったようなわけだが、幼稚園にも、当然心配してついてきた。実際、私にはその資格が十分あった。傍《はた》から見ると頼りなくて、何を考えているのやらわからない。いつ、何をしでかすか、わかったものではなかったからである。しかし、私としては、頭の中は忙しかった。

幼稚園にたどり着く前に、神社の池のカメのことが、気になって気になって仕方がない。浅い池の真ん中の、大きな石に、たくさんのカメが折り重なって、日光浴をしている。乾いて白っぽくなったのもいる。

池のまわりの柵にしがみついて、なんとか、一匹でもいいから捕りたい、と思った。捕ってどうする。盥《たらい》に入れて飼うのである。頭の中はその一念のみ。

幼稚園では、いろいろなことを教えてもらったようだが、ややこしいところは皆、島田のおばちゃんにやってもらったにちがいない。

みんなと一緒に団体行動を取るというようなことは、昔から苦手で、その点は今も、ちっとも治っていない。どうやら、肝心なところで人の話を聞いていない、ということになるようである。

お遊戯とか、折り紙とか、つまらない幼稚園が終わって、帰り道、ふたりのいとこが競争で走っていくので、遅れて私も走った。追いつくとふたりは南海電車の踏切で止まっている。遮断機が降りているのである。

やがて難波《なんば》行きの急行電車がゴーッと通過したので、私はふたりのいとこより少しでも先に線路を横断しようと、遮断機をくぐりかけた。そのとき、横にいた肥《ふと》った親父《おやじ》がぐい、と私の襟首を摑《つか》んで引き止め「おい、この子は死ぬぞ」と言ってくれたのである。

しばらくして急行待ちしていた普通電車が、ガタンゴトンと走っていった。電車が来るまでに私が線路を渡り切れたかどうか、想い出すと、今頃になって手に汗握る心地がする。

人の話をちゃんと聞いていないのは、今に始まったことではない。小学一年生になって学校に行くと、朝、先生が来る前に、六年生のお姉さんたちが、何人かで我々の相手をしてくれた。ひとりずつ当てられて、何やら答える。私の番が来た。「なんでもええさかい、なんか言いいな」と促されて、「みかん」と答えたら、みんながわーっと笑って、それでそのお遊戯は終わってしまった。「しりとり」の説明を聞いていなかったらしい。

小学一年生の夏休み、私は、市立の病院に入院させられることになった。大人になってからの時間感覚では、一年以上にも当たるほどの長い期間を、病院で暮らすことになったのである。

島田のおばちゃんが、「どうもこの子は脚を引きずる」と言う。私は、幼稚園で習ったスキップを踏んでいるんだと言って抵抗したのだが、おばちゃんは「いや、違う」と言う。それに私はツベルクリン反応が幼稚園のときから「強陽性」であった。

若い頃肺結核を患って信州、富士見高原の正木不如丘《まさきふじょきゅう》院長のサナトリウムで二年ほどを過ごした父親は、子供がちょっと咳《せき》をしても心配するほどであったから、貝塚病院の院長先生に診てもらった。

眼鏡をかけて肥った院長先生がまず疑ったのは、脊椎カリエスのようであった。「痛い？これは？」と訊《き》きながら、背骨の上のほうをしきりに押してみていたが、とにかく姿勢をよくすることが大事という結論になった。

そのためには、硬い寝床に寝かせなければならない。院長の指示で、ベッドの上に戸板を置き、それにシーツを一枚敷いただけの寝床をこしらえて私はそこに寝かせられることになった。

しかしそんな硬い寝床になぞ、寝ていられるものではない。ほとんど拷問である。伯母は医者や父に内緒で、こっそり掛け布団の上に寝る工夫をしてくれ、結局なんの治療もせずに、暗い、石炭酸の臭いの立ち込めた病院で、ただ退屈な夏休みを過ごした。

病室の窓からずっと向こうに、工場のような建物が見え、背の高い煙突が聳《そび》えていた。そこからときどき黒い煙が立つ。あれは人を焼く煙なのだと、隣の病室の付き添いのお婆《ばあ》さんが、伯母と話していた。おまけに、人の黒焼きは結核に効くなどとそのお婆さんが言うので、ひょっとして知らぬ間に何かに混ぜて飲まされるのではないかと、私は気味の悪い思いをした。

このときも慰めはカブトムシとクワガタムシであった。針金製の大きな鼠捕りにクヌギの枝葉を敷き、スイカの切れ端を餌として入れてある。午前中にやったそのスイカが午後になるともう、暑熱のために悪くなり、瑞々《みずみず》しいような青臭いような匂いから、甘ったるい塵《ごみ》捨て場の臭いに変質している。

トマトをやった場合も、午後には健康そうにはち切れんばかりの真っ赤な肌に細かい皺《しわ》が寄ってたるみ始める。下に敷いたクヌギの葉とむんむんするカブトムシ特有の、クヌギの樹液を連想させる体臭が混じって、一種独特の、森の中の雰囲気が、針金の籠の中に充満している。

どこにも痛い部分はない。毎日退屈している私は、差し入れてもらった絵本、漫画の類も読み尽くしてしまって、カブトムシとノコギリクワガタが、ときどきがさがさっと音をたてて喧《けん》嘩《か》をするのを見ることぐらいしか楽しみがない。

夏が長《た》けると、カブトムシは一匹また一匹と死んでいく。初めて首なしのカブトムシを発見したときは驚いたが、夜のうちにカブトムシの寝首を掻《か》いたのは、実はノコギリクワガタなのであった。

子供に「弁慶」と呼ばれるだけあって、野外のクヌギの幹の上では、だんぜんカブトムシのほうが強い。クワガタの体の下に、その長い、上反りの角を差し込んで、てこの原理でこじ上げて、クワガタを投げ飛ばしてしまうのだが、狭い籠の中では身動きもならず、ノコギリクワガタのギザギザの大顎が、前胸部と腹部との間にすっぽりはまり、鎧兜《よろいかぶと》の隙間に鎧通しを差し込まれた武者のように、あえなく首を掻き切られてしまうのである。

夏の終わり、私の入院中に大きな台風が来た。その頃は大型の雨台風が立て続けに日本列島を襲い、それらにジェーン台風とかキティー台風とか、アメリカ女性の名がつけられていた。

私のいた病院も、床下浸水のためにベッドの脚の途中くらいまで水に浸《つ》かり、おまけに停電までしたので、みんなで院長室に避難してロウソクの灯《あか》りで、心細い夜を過ごした。しかし、大人の人たちはわりあい平気だったように思う。その数年前には空から爆弾が降ってきて、目の前で人が焼け死ぬのをいくらでも見ていた人たちなのであった。

4 共産党

何気なくテレビをつけると、画面に老人の顔が大写しになった。恨みの形相もの凄《すご》く、というと四谷怪談か何かみたいだが、なんとも恐ろしい顔でインタビューに答えて何か言っている。

「あ、与次郎叔父さん……」と驚いた。

「お前ら、アカのひとりやふたり、殺しても、どうちうことはないんじゃ、言うて、特高に、竹刀《しない》で太腿《ふともも》をこうやって、ばんばん殴られましてな。おかげで太腿が倍くらいに、はじめのうちは赤く腫れて、それからどす黒う、内出血したのが黒ずんできて……」と話すところは、顔からいっても声音からいっても、たしかに父の弟、山川の叔父である。

そういえば元気だったんだ、と不人情な私は思った。私の父も母も、まわりの明治生まれはみんな死んでしまったのに、この叔父の訃報には接していない。

叔父さんは、戦前の共産党員であった。といっても、その頃は若造で、下っ端のほうであったらしく、小林多喜二や、関東大震災の際の大杉栄のような目には遭わずに済んだ。それでも、相当脅かされたようである。

その勾留期間、奥さんがちっとも面会に行かず、私の母が父のいいつけで差し入れなどに行かされたのだそうである。父にとっては大切な、しかしどちらかというと世間知らずの、ちょっと困った弟だったようである。

「何がええか聞いたら、世界地図、言うて。わざわざ世界地図買いに行ったんやし。面会に行ったら、えらい、青膨れしたいうんか、むくんだ顔したはって」

世界革命などを叫んでいた時代に、世界地図の差し入れが許可されたのかどうかは聞き忘れた。

叔父は理想主義者で、正義感が強く、しかも難しい話の好きな人で、話し始めると、話が途切れないので、子供の私は閉口したことがある。うちの隣がその自宅なのだが、座敷には箱入りの豪華な『真山青果全集』などが並んでいた。その息子、つまり私のいとこが真山青果の娘さん主宰の劇団に入ったのも、回り回ってその家庭教育というものだろう。

そういえば『クロポトキン全集』のように、本当に危険な本は、戦前我が家に避難したままになっていた。大杉栄訳の『昆虫記』も父の本棚にこっそり隠れていた。大杉栄という名前がもう、いけない。

しかし、今考えてみると、思想的には、叔父さんよりも、むしろその奥さんのほうが、過激であったようである。山川家の客間に、昼間から若い人が集まり、なかには「我が祖国ソ連」などと気炎を上げる、シベリア抑留帰りの人もいたようである。あちらですっかり洗脳されてきたらしいのだ。

シベリア帰りの男の人は、父の会社にもけっこうたくさんいた。日曜日で会社が休みのときの電話番をしている人が、退屈まぎれに私たち子供の相手をしてくれるのだが、シベリアでは寒いとき、金属のドアノブなんかをうっかり素手で摑《つか》んではいけないのだそうである。摑むと、そのまま手がくっついてしまう、という。その話を、今でも寒い日などに、昔話に出てくる鬼《おに》婆《ばば》の肉面の噺《はなし》と一緒に想《おも》い出す。

中学校の体操の先生がやはりシベリア抑留の経験のある人で、

「捕虜になってなあ、貨車に乗せられて毎日おんなじ景色の中をごとんごとん走るとせいや。どっちへ走ってるのかようわからん。日本へ帰してくれるんやろう、言うやつもおったけど、いや、強制労働の施設行きや、言うやつもおった。ある日、海が見えたんじゃ。うああ、日本海じゃ、ほら見てみい、これで国に帰れるわい、言うて嬉《うれ》しがったら、露助の兵隊が平気な顔で〝バイカールー〟言いよった」

それでがっくり。それからその先生は三年間か四年間、薄いスープで毎日、毎日原生林の太い針葉樹を伐《き》る仕事をさせられたそうである。若くて体も丈夫だったから、生きて日本に帰ってこられた。

目がぎょろりとして、色が思い切り黒く、「インドのカラス」というあだ名のその先生は、生徒をよく殴ったが、私は殴られなかった。殴ったら死んでしまいそうなぐらい華奢《きゃしゃ》な体をしていたからであろう。しかし、私が左利きであるのを見とがめて、こう、注意してくれた。

「あんなあ、ぎっちょの人間は気いつけんといかんぞ。あっちで、大勢、太い材木を肩に担いで運んでたんや。そのときにひとりだけ、左の肩に担いでるのがおったとせいや。そら、無意識に左肩に担ぐわなあ、左利きやったら。そいで、土場まで着いて、〝さあ下ろすぞお、一、二、三〟で、その男の頭ぺしゃん、血がびちゃ、やったもんなあ」

シベリアといっても地域によってはいろいろ事情が違ったらしい。これは昆虫のほうの先輩の話であるが、もっと食糧事情の悪い地域では常に、飢えに苦しんでいた。役人がスープ代をピンハネするようなこともあったであろう。みんな飢餓状態の中での重労働であった。大きな樅《もみ》の木《き》を伐り始めると、上のほうでカラスが騒ぐ。「しめた！　カラスが営巣している木だ」。この人はアマチュアの鳥類学者でもあった。

カラスのことは、同じ木に取りついてノコギリを押したり引いたりしている、ほかの栄養失調の幽鬼仲間も気がついている。普通、大木を切り倒すときは、その下敷きにならぬよう、倒れる方向に注意するものだが、今はもう、巣がどこに落ちるか、落ちたら一番先に駆けつけられる持ち場はどっちか、しか、関心がない状態である。

めきめき、ばりばり、ばっさーんと、樅の木が倒れると、全員が、それこそ仲間意識も友情もない、餓鬼の群れが、我勝ちにと駆け寄った。そして生きたままのカラスの雛《ひな》を奪い合うと、そのままかぶりついた。

「そーのーとーきーの、血まみれの熱い雛の、うまかったこと！」

そんなことは皆、あとになって聞いたことだが、ソ連大好き、偉大な国家というそんな考え方が、私にはどうしても理解できなかった。ナウカ社という、カタカナ名前の出版社で発行されている薄い紙の「ソビエトグラフ」なる雑誌があって、その誌面の冷たい感じとスターリンの顔が、子供の私には「どうしても好きになられへん」のであった。「鉄のカーテン」とか「血の粛清」とかいう言葉も、一方で聞こえてきた時代である。

ソ連のものでは、幼稚園に入る頃、貝塚の駅下《えきさ》がりにあった映画館、「山村座」で観《み》た映画の断片だけが記憶に残っている。戦後ソ連で初めて制作された天然色の映画、というのは、もちろん知らなかったが、緑色の森の中で、場面が次々と転換するのであった。あとで考えればそれは『石の花』であったろう。

もっとずっとあと、小学五年生の頃、学校でよく映画を観せられた。講堂に全校生徒を集め、暗幕を引いての映写会だったが、ときおり、ソ連製のアニメが上映されることがあった。ロシアの鳥や哺乳類が登場する。その中で、大きなクロライチョウの雄が、テリトリーを宣言するために翼で胴をはたはたと叩《たた》く「母衣《ほろ》打ち」をして鳴く場面を見た。そのときに、私が考えたのは、「これ、貴重な場面やないか。めったにこんなもん見られへん。そやけど、先生方の中に、この鳥のことを知ってる人はいてへんやろ」。

子供のくせに傲慢といえば傲慢。しかし、長い間病床にあって、動物図鑑、昆虫図鑑ばかりを見ていた私としては当然だった。普通の人がこんなことに、興味を持っているわけがない。

私が幼稚園、小学一年生の頃はまだ、平和が定着していたわけではない。昭和二十五年、朝鮮戦争が勃発して、第三次世界大戦が起きるかもしれん、という恐ろしい噂《うわさ》を子供も聞いていた。

近所にあった、広大な紡績工場「日紡貝塚」の塀の中に火炎瓶が投げ込まれたとかいう事件が起きたのもその頃である。共産党の武闘派がいまだ勢力を持っていた頃だと思う。

山川の叔父さんたちがその黒幕という噂が立って、その単なる風評のために、父の会社が銀行取引停止になった。銀行もはっきりとそんなことは言わないが、ほかに理由らしい理由はなかった。叔父さんは会社の重役なのである。

当時、「共産党」というのは、「ドロボー」「犯罪者」同様、人を誹謗《ひぼう》中傷する言葉で、子供の私も小学校で「お前とこの親戚にキョーサントーがおるんやってな」と探るような目つきで訊《き》かれてぎょっとしたことがある。

もちろん、戦前ほど共産主義思想に厳しかったわけではないが、一時、戦前、戦中の弾圧を獄中で耐え忍んだ人たちが英雄のように扱われ、世界革命ということを本気で実行しようという人たちが増えた中で、アメリカでレッドパージなどがあって、時代はまた逆コース、ひとつ間違えば難癖をつけて警察に引っ張られた時代である。民主警察とはいっても、機構そのものの体質が、そんなに急に変わるものではない。勤務している人間の大半は同じ人たちなのである。そしてその一方で、労働争議などは現在とは比べ物にならぬほど、殺気立ったものであったようである。

若い頃の叔父さんたちに話を戻せば、叔父さんは、大阪の父の家の二階にハイカラな奥さんと一緒に居候していたらしいが、母としてはあまりいい想い出はなかったようである。

奥さんは、青森の出身だが、満州で劇団に入っていたとか、一時はアナウンサーをしていたこともあるとかで、若き日の森繁久彌《もりしげひさや》が同じ放送局にいたという。私は中年の彼女しか知らないけれど、たしかに、田舎には不似合いな、どことなくあか抜けた人で、大阪市内で映画を観てきては、「あのロウアングルのキャメラワークが素晴らしいの」などとかすかに青森訛《なま》りの残る東京弁で力を込めて語ったりするので、そばで聞いている子供の私でもしゃらくさいと思ったものである。同じ表現が週刊誌の映画批評欄にも書いてあった。

母は母で、父方の親戚が次々に大阪に出てくる度に泊まっていったり、そのまま居つづけたりするので、その世話に気を遣ったであろう。父の姉妹はすなわち小姑《こじゅうとめ》にほかならない。生活文化も言葉も違う。長寿の叔父も、あまり神経を使うほうではなかったようで、

「私の魚の食べ方が下手やゆうて、気にさわること言わはるねん。山川のおっちゃんが。ほんま腹立ったわ」

主人の弟とはいえ、居候のくせに、母の魚の食べ方が下手だ、骨にまだ身がついていると注意したというのである。

実際、伊勢《いせ》のほうから来る親戚は、みんな魚をきれいに食べるのであった。骨しか残らないどころか、骨までかりかり食べてしまうような人もいた。猫がむっとするくらい。漁師が、苦労して、時には命がけで獲《と》ってくる魚を粗末にはできぬという気持ちがあったのであろう。

この話を母は何遍もしたので、私もよく覚えている。鯵《あじ》の干物などを食べる度に想い出して、

ちがいない。

母は京都の山国の育ちであるから、子供のとき、魚は鮎《あゆ》や山女魚《やまめ》ぐらいしか知らなかったにちがいない。

「庶民に歴史はない」とファーブルは『昆虫記』の中で述べている。実際、私の先祖が、一方は伊勢の海辺、そしてもう一方は京の山奥で、それまでどのようにして脈々と命をつないできたのか、歴代の血筋に、自分に似たような人間がいるのか、見たいものだが、探してみたところで、どうせ記録らしいものは残っていないであろう。

そういえば、母方の伯母が、「うちの先祖は惟喬《これたか》の皇子にお仕えしてたんやわ」と、とんでもなく古いことを、まことしやかに話していた。

「惟喬の皇子にお仕えしたんなら、ひょっとしたら、在原業平《ありわらのなりひら》やないか。それでかあ。母の姉の島田のおばちゃんは、僕のことを、ことごとに『ほんに、業平さんのような』と言って褒めそやすのは……」

と私は思うのだった。それこそ、ひいきの引き倒しというもの、人に聞かれたら笑われる。しかし、そのことが無意識に頭にあったのか、『伊勢物語』は初めて読んだときからなんとなく懐かしい気がしたし、

忘れては夢かとぞ思ふ
　おもひきや雪ふみわけて君を見むとは

という歌は、今も好きな歌のひとつである。『伊勢物語』の、「身をえうなきものに思ひなして」というあたりは自分にぴったりだ、と二十前後の自分は、ちょっとニヒルないい気分であった。もっとも、こんな捨て鉢な、世をすねたような気分でうそぶくのは、小唄にも演歌にもありふれた話で、実際には無能な人間の単なる甘え、あるいは言い訳にすぎない。

　いずれにせよ、庶民というものは、貴種流離譚《きしゅりゅうりたん》のような物語が好きなのであって、日本の山里は、辺鄙《へんぴ》なところほど、平家の落人伝説《おちうどでんせつ》に満ちている。

　外国でも、もちろん同じ。上のほうだと、英国王室の祖、ウィリアム一世に付き従ってフランスのノルマンディー半島から来た貴族の末裔と称する人々の系図がもしみんな本物なら、英国に向かった軍船は、ノルマンディー半島の港で、定員オーバーのために、あっけなく沈没しているだろうという。

　私の父方の出身地は、後に述べる通り、三重県の、宇治山田から山を越えたところの海沿いの狭い漁村で、父は小学校を卒業すると、すぐ大阪に出てきた。父は明治三十七年、日露戦争の始まった年の生まれ、私は父の五番目の、遅く生まれた子供である。

私が生まれたのは昭和十九年のことで「大阪市西区阿波堀通り何丁目何番地」という、よく知らない本籍地を、あとになってもときどき書類に書かされた。防空壕《ぼうくうごう》に入った経験はあるらしいが、もちろん記憶はない。

しばらくして、大阪南部、和泉葛城山《いずみかつらぎ》の麓の小さな村に疎開したのだという。もちろん、その記憶もない。戦争中のことだから、写真もない。写真機があったとしてもフィルムがなかった。


与次郎叔父さんにはしばらく会っていない。十年ほど前に手紙をもらったときはたしか、九十七歳になったとかで、ゴルフの好きな叔父は「このままいくと、エイジシュートができます」と書いていて、こっちがびっくりした。青いインクの万年筆の文字に震えがないし、文章の内容にもぼけたようなところがない。それからもう十年ほど経《た》つのだから、百六歳か百七歳。その長寿を少し、七十いくつで死んだ僕の親父に分けてくれてもよかったのに、と勝手に思ったものである。

5 不思議な缶詰

「ここに〝グレープ〟と書いたあるから、ブドウの缶詰や」と、中学校で英語を習いはじめの長兄が、これで決まり、という調子で言った。

「そやけど、この横に、夏ミカンみたいな絵が、描いてあるし……」

と、上の姉。

兄弟六人が、茶の間で、一個の缶詰を前にして、期待に満ちた議論をしているところである。幼稚園に行く前の幼い私は、ブドウであり、かつ夏ミカンでもある、という果物の不思議に頭の中が混乱した。

その缶詰は進駐軍から出たものであったにちがいない。「もはや戦後ではない」と宣言した経済白書が出されたのはこの頃から大分あとの一九五六年のことである。そういう真面目《まじめ》な文書の文言《もんごん》の揚げ足を取ってはいけないが、これは逆に、それまでは戦後だったということを裏書きしたようなことになる。その年に戦前のGNPを、戦後初めて上回ることができたのだった。

戦争に負けたのだから仕方がないけれど、食べ物が不足していた。そこにときどき進駐軍の横流し物資が手に入ることがあった。アメリカ人の兵隊さんが、支給されたものを売り飛ばして円に換える。それが闇市に出回っていたのである。兵隊さんにも、チョコレートなんか食べない人もいれば、タバコを吸わない人もいる。そういう甘党でない人、禁煙家にも一律に物資を配ったのだからそれを売って金に換えるのは当然である。とにかくリッチな占領軍だったのだ。

そこにあった缶詰が、どうして我が家に来たものかはわからない。

あるいは誰か気の利いた人がくれたものであったろう。ひょっとしたら、あの人の土産だったかも、と見当のつく人物がひとりいた。何かのコネクションのようなものがあって、米軍に出入りできるのだそうで、アメリカ産のコンビーフとか、チョコレートとか、タバコとかを手品のように鞄《カバン》から出してくるのであった。子供の私には、それらの品物が輝いてみえた。いわゆる羽振りのいい人で、愛想もよく、大きな声で笑う。子供の私などともよく遊んでくれた。もっとも、大人たちはあまりこの人の相手をしなかった。

靴とか、身の回りの小物とか、しゃれた、いかにもアメリカの臭いのするものを持っていた。父はどうやら嫌っていたようだが、その人はときどき家にやってきた。そして泊まっていったりすると、こってり頭髪に塗りつけたポマードで、枕カバーがべとべとになる、と言って母が嫌がった。若い男にオールバックの髪型が流行《はや》っていた頃である。サザエさんの亭主、マスオさんの頭もそれであろう。

長兄と長姉は昭和十年前後の生まれで、チョコレートの味もバナナの味も知っていた。だから余計に、物のない戦争中と終戦直後がつらかった、とあとになって言っていた。その頃、おもちゃ屋にお菓子も売っていたのだが、チューブ入りのチョコレートには、カカオなんか入っていなくて、黒砂糖の味がした。アメリカさんのチューインガムもそのおもちゃ屋にはなぜか置いてあったが、その香料が、「あ、ラズベリーだったんだ」と気がついたのは何十年も経《た》ってからのことである。

私はバナナの実物は知らなかった。ただアメリカの漫画で、バナナの皮はつるりと滑るもの、ということだけを知っていたようである。

講談社の絵本の一冊に『くだものづくし』というのがあって、きれいな色で、いかにもおいしそうな果物が描かれてある。まったく目の毒そのものであった。その後ろのほうに熱帯の果物の頁《ページ》があって、私の南方憧憬は、この絵にひとつの起源を持つような気がする。

そこには、バナナをはじめ、パイナップル、マンゴー、パパイヤなどが、カラヴァッジオの絵のように並んでいて、芳香まで漂ってくるようであった。自分の知らない戦前には、豊かな生活があったのだなあ、と憧れを抱いたものである。

だから今でも熱帯地方を旅行すると、まず市場に行く。そして果物を物色する。特に、日本にいては手に入りにくい、竜眼とかマンゴスチン、ドリアンなどを買う。この最後のは、異臭のためにホテルに持ち込めないことになっているから、店で殻を割ってもらって、路上で貪り食ったりする。

さて、件《くだん》の缶詰を、とにかく開けてみんなで食べようということになっているのだけれど、中身がいったいなんなのか、見当がつかない。缶は平たくて四、五センチの厚みがあり、日本の缶詰では見たことのない楕円形《だえんけい》をしており、進駐軍の物資がみんなそうであるように、とにかく大きかった。

じっと見ていても仕方がない。茶簞笥《ちゃだんす》の一番下の引き出しから錆《さ》びた缶切りを取り出し、長兄が尖《とが》った部分をブリキの缶に突き刺した。

すると、音もなく、石鹼水《せっけんすい》のような少し濁ったというか、半透明の汁が溢《あふ》れ出した。私が期待したブドウの粒のようなものは、どうやら入っていなくて、汁だけのようである。

それを受けるコップは、お盆の上に六人分、とっくに用意してある。分厚いガラスのコップで、熱いお湯を注ぐと、ピキンと音がして割れるのであった。人数の多い我が家の子供は、スイカでも羊羹《ようかん》でも、均等割りにすることにみんな敏感で、分ける人の手元をじっと見ていたものである。

すき焼きなどをするときはもちろん、肉の分配、鍋の領土分割のルールは暗黙のうちに決まっていた……などと書き出すと、話が広がりすぎてしまうけれど、勢いよく溢れ出した汁を、兄貴がそれぞれのコップについだ。彼はとにかく不器用なほうで、朝、顔を洗うと、洗面所のまわりをびしょびしょにするぐらいだから、畳の上に大分こぼしたようである。姉が雑巾を取りに行った。

さっきも言ったように、大きくて、平たく、おまけに変な楕円形をしている。しかも噴出する水勢は角度によって変化するから、六個並んだコップにつぐのはけっこう難しい。こぼすのも無理はないのである。それでもなんとか、誰にも不満のない程度に公平につぎ終わって、さあ、飲もうと、口をつけてみんな変な顔をした。

なんとも酸っぱいのである。これはなんだ、酸っぱすぎる。あのときの落胆は、心のトラウマになっている気がする。

グレープフルーツというような果物が存在することが日本で普通に知られるようになったのは、それから何十年も経ってからのことで、今考えると、あの楕円形のブリキ缶は、あたかも異次元の旅をして、昭和二十年代の日本の茶の間に出現したかのようであった。

おそらくは、米軍の酒保で、グレープフルーツのカクテルを作るのにでも使うものだったのではないだろうか。それとも砂糖を加えて朝食のときに飲むジュースだったのか。こんな酸っぱいもの、子供なら砂糖をたっぷり入れて飲むところだが、その頃砂糖はまだ貴重品だった。その代用品が、サッカリンとかズルチンとかいう化学製品で、なるほど甘さはあるものの、なんともイヤ味な後口が残る。そして今になってまた、肥満を恐れる人間のために、スクラロースなどといって、栄養価はなくて、甘さだけ感じられる化学薬品が開発されているわけである。

こういう物質は、人間が舌でなめると、脳では「甘い」と感じるけれど、腸では吸収しないのだそうである。脳は、人の進化につれて、新しくどんどん発達して複雑になったものであるから、ちょっと軽薄で、騙《だま》されやすいところがあるけれど、腸は古くからの基本的な内臓だから、めったなことでは騙されないようにできているのだ。人は本来一本の管《くだ》である。

兄弟姉妹六人で、こうしてわいわい言っていたこの頃、ひどい食糧難はもう終わろうとしていたにちがいない。この冬には何十万人の餓死者が出るだろう、などと恐ろしいことはもう言われなくなっていたけれど、食糧事情は相変わらずよくなかった。今ならアメリカのことを知ってもそれほど驚かないだろうが、このしばらくあとに雑誌の記事か何かで読んでびっくりした。すなわち、アメリカのカリフォルニア州では、グレープフルーツが本当にブドウの房のように、鈴なりになっているというのだ。それをいちいち手で収穫していては間に合わないので、ブルドーザーのようなものに乗って、どしんどしんと木にぶつかり、その振動によって実を落とすのだそうである。まるで「ほら男爵」の話のようだと思った。
ソルティードッグを飲む度に、あのでっかい楕円形の缶詰を想《おも》い出す。

同じ頃、台所の引き出しから、キャラメルの箱のようなものが出てきたので、説明書きを母に読んでもらおうとすると、母は懐かしいような顔になって、「こんなもんあったなあ……」とつぶやいた。それは「卵焼きが三倍にふくらむ」ふくらし粉なのであった。同じように、醤《しょう》油糟《ゆかす》を干して固めたものが、やはり紙の箱に入っていた。煮物をしたときなぞ、塩だけではやはり風味が足りないので、これを二、三粒加えたのらしい。

夜中に玄関のベルがちりんちりんと鳴った。こんな時間に誰だろうと、小さい、おっちょこちょいの私が見に行くと、青い顔をした女の人がだだっ広い玄関の薄暗いところに幽霊のように立っていたことがある。なんだか怖くなって母を呼びに行った。
母も知らない人らしい。しばらくひそひそふたりで話をしていたかと思うと、母が戻ってきて、台所でしばらく何かしている。メリケン粉を紙に包んでその女の人にあげたようであった。女の人は何度も何度もお礼を言って帰っていったが、ふと見ると母が泣いている。女の人の話があまりに気の毒なのでもらい泣きをしているのである。子供が栄養失調で死ぬというような話はいくらでもあった時代である。

私の家は製粉屋だから、工場で粉を碾《ひ》くのが商売である。原料の小麦はアメリカだかカナダだかオーストラリアだか、とにかく外国から輸入したもので、農林省、食糧庁の割当があって、むやみに人にあげてはいけないことになっている。だから母は禁を犯したことになる。話を聞いた父は怒っただろうか。いや、母はその話を父にしなかったにちがいない。

『海賊バラクーダ』というアメリカの映画を家族で観《み》に行ったことがある。人質か何かのお姫様が、甲板で、骨つきのチキンを横かじりにして粗雑な食べ方をしたかと思うと、骨をぽいと海に捨てた。映画の中でその場面だけが記憶に残っている。

しばらくして、晩の御菜《おかず》に蕗《ふき》の煮たのが出た。さっそく私は蕗の穴に塗り箸を通して、同じように横ぐわえにかじってみた。どう食べても蕗は蕗である。しかし、母がそれを見て、「そないして食べてたなあ」と言って笑った。すぐわかったところを見ると、母もまたあの場面が記憶に残っていたらしかった。

こういう食糧事情は一年ごとに変わっていったようであるし、また住んでいた地域によっても大違いだったようなので、私よりほんの数年でも歳上《としうえ》の人から見ると、ここに記したようなことは「いい気なもんだ」と言われそうである。だから余計なことはうっかり書けない。食い物の恨みは恐ろしい。

しかし、のんびり育った私のような者にも、飢えた体験はあって、それは小学生のときの大腸カタルによるものである。胃腸の弱い私は、医者からよく大腸カタルを宣告された。そのときの治療法はただひとつ、絶食である。とにかく、食物を摂《と》るなと言われて、最初は白湯《さゆ》。それから薄い薄い、重湯《おもゆ》、あるいはカツオで出汁《だし》を取った野菜のスープしか与えられなかった。そうやって三日ぐらい絶食させられ、やっとその禁が解けてしゃぶったミルクキャラメルのうまさよ。後に「大牢《たいろう》の滋味」という言葉を知ったとき、一粒のキャラメルを思い浮かべたぐらいである。

6 戦前の生活

自分のまだ生まれていない戦前の時代に、もっと豊かな生活文化がこの日本にあったらしい、ということは、昭和二十年代に幼児であった私にも想像できた。

それは、かろうじて焼け残った昔の精巧な製品などから、なんとなく察せられることであった。絵本でもおもちゃでも、それらのものは、戦後の時代に作られた粗末なものとは、材料も、仕上げも違う感じがしたのである。

たとえば昔の雛人形《ひなにんぎょう》や五月人形は顔に気品があったし、第一、着せられている着物が違う。

絵本は紙の質がよく、印刷の色もきれいだと思った。絵を描いている人には、子供の絵本でも日本画家が多く、色が淡くて、線がきれいだった。講談社の絵本は私の時代でも、戦前の続きのようで、『魚づくし』、『鳥づくし』、『虫づくし』、『けものづくし』などという本は、すべて日本画調であった。西沢笛畝《てきほ》というような画家の名を覚えている。それから、そうした書物の中の登場人物の言葉遣いが丁寧で、品がいいのである。

今になって考えると、当時の子供の本の中の会話などにはわざとらしいものがあり、実際に、「まさをさん」や「花子さん」が、「お父様」「お母様」と節度のある、上品な会話を交わしている家庭などがどれくらい存在したのか、疑わしいようである。

それどころか、いろいろな人の伝記や小説の類を読むと、かつての日本人は今よりずっと暴力的であったように思える。父親が横暴で、妻や子供をよく殴ったし、学校の先生も生徒を殴ったようである。その極端なものが軍隊なのであった。一兵卒として召集されたら、敵と戦う前に、上官のいじめに耐えなければならず、このほうが大変だったようである。

そんな詮索はさておき、私が幼、少年時代を過ごした街に、戦後の闇市がそのまま定着した感じの市場があった。その正面、とっつきのところはお婆《ばあ》さんのやっているおもちゃ屋で、アメリカ漫画のベティさんや嵐寛寿郎《あらしかんじゅうろう》の演じる鞍馬天狗《くらまてんぐ》の、目のところだけ丸く穴のあいた、薄いセルロイドのお面が何枚も重ねて柱にかけられていた。買ってもらって顔につけてみると、セルロイドの新鮮な匂いがした。

母についていくと、お婆さんはいつも私に愛想がよかったが、それは、その度に母が、私のために必ず何かしら買ってくれるからだった。つまり、いいお得意さんだったということに今気がついた。なんだか変だとは思っていた。

ボール紙製の、小さなキャラメル箱ぐらいの大きさで、鉤形《かぎがた》に曲がった針金のハンドルのついたおもちゃがあって、紙芝居の画面のように真ん中が四角に切り抜いてある。そこに、パラフィン紙に白黒で、シマウマの模様のように印刷した巻物状の影絵を取りつけて、取っ手をくるくる回すと、絵に描かれた人物が動くように見える。面白がって何度もいじっているうちに、その巻物状の部分が弛《ゆる》んでほどけ、収拾がつかなくなる。

一日、二日で壊れてしまうそんなおもちゃを、とにかく、行く度に買ってもらうのが私の楽しみであったが、後にジャン＝ジャック・ルソーの教育論を読むと、「子供の欲しがるものを、その言うがままにすべて与えることは、子供を駄目にする最良の方法である」と書いてあって、「まったくその通り」と思ったものである。

ブリキの自動車は、しばらく使っているうちに、金具の爪が折れて上下の部分が剝《は》がれたりした。ぱかっとふたつに分解すると、それまで見えなかった内側に、絵や横文字の印刷されてあるのが見えた。この自動車は、缶詰などのブリキ板を上手に再利用したもので、英語が読めれば、〝Made in occupied Japan〟とでも書いてあったのだろうか。

そのおもちゃ屋のお婆さんの頭の上、奥の天井に、特大の列車のおもちゃが吊《つ》るしてあって、さすがの私も、それを「買《こ》うてー」とは言わなかった。それだけの分別はあったと見える。そういう大きくて高価なものは、普通のときには買ってもらえないもの、とわかっていたのである。

それで想《おも》い出すのは内田百閒《ひやっけん》の『実説艸平記』という文章である。森田草平は、百閒と同じく漱石の弟子筋で、百閒とは法政大学の教師仲間でもあったが、昔から心中事件などいろいろと問題を起こし、それをまた小説に書いたりして、すでにある意味大家になっていたのだが、昭和の初年にその作品が円本《えんぽん》に採録された。円本は昭和初年の出版界の大ブームで、これに入るのと入らないのとでは大違い、草平は文士中の金満家であった。

一方、百閒は、何がどうなっているのかちっとも自分で説明しないけれど、法政大学をはじめ、海軍機関学校、陸軍士官学校その他立派な勤務先がいくつもあるのに、大借金に首が回らないでいる。

先輩、友人、金貸しなどからも借り尽くし、いよいよ行き詰まって、また草平さんに借金することにした。今夜の頼りはこの草平だけである。もちろん、草平さんにも、返すその尻からまた借りていて、それは返していないから、今は五円、たった五円貸してください、と卑屈な気分で申し込んだ。「仕方がない。貸してやるから、晩飯をつきあえ、牛鍋屋にちょっといい女がいるんだ」と草平は言う。いや、森田草平がこのときどんな言い方をしたか、どんな態度を取ったかはわからない。百閒に書かれてしまえば、それが真実となる。

その文章は、読んでいると可笑《おか》しくてたまらないのだが、それでいて当の百閒の身になって考えれば悲惨極まりないものである。その話の顚末《てんまつ》は、ここで説明のしようもないし、百閒以外に表現することはできない。

これは、ありのままを書いた随筆のように見えるけれど、実のところは作者によって自在に改変された私小説なのである。そしてその最高傑作のひとつといってもいいだろう。ここで名を挙げては気の毒みたいだが、同じ貧窮小説でも、葛西善蔵の『子をつれて』などとでは、比べ物にならない。いや、それは読者の好みか。

本当は夕方までに五円を持って家に帰りたいのに、気持ちがいじけてしまってそう言えない百閒を連れて、銀座のおもちゃ屋をあちこちさんざん引き回したあげく、草平は、大きな汽車のおもちゃを買う。その代金が二十五円である。お気に入りの牛鍋屋の仲居さんにやるチップが百閒さんにとっては喉から手の出るような五円。その時分のお金の値打ちはもうひとつよくわからないけれど、このあたりの金額にしても、うまく調整してあるようである。

話はやっと、元に戻るが、草平大人《たいじん》の買った、子供のための贅沢《ぜいたく》の象徴のような、そういう品が、戦後もやはり、一種看板のように、おもちゃ屋の奥に飾ってあった。

そして、私は、そんな異様なおもちゃを実際に持っている子と遊んだことがあるのだ。

家の近所に浮かない顔で、いつもうつむいているような印象の兄弟が、きれいなお母さんと暮らしていた。近所のおばさんたちが「あれは素人《しろと》やないな」といつも同じことばかり噂《うわさ》していた。お父さんはたまに来る。そしてその兄弟が大きな電車のおもちゃを持っていたのである。

私と中の兄貴とが、一度だけ、その家に遊びに行った。どんなきっかけでか、それは忘れた。多分、そのお母さんが、道で出逢《であ》ったうちの母に、「遊びに来てやってください」というようなお愛想を言い、子供たちを不憫《ふびん》に思った母が、私たちを行かせたのであろうと思う。

そしてその寂しい兄弟のほうが精いっぱいのサービス心から、子供部屋にあった、父親の土産の、大きな電車を出してきたので、「へー」と思って触らせてもらったのであろう。そのあたりは、もはや全部想像で、今になって考えると、そういうことだったのだろう、というだけの話である。

しかし電車のおもちゃなどというものは、中途半端に大きくても、別にどうということはないもので、上からまたがって乗って遊ぶほどではないし、畳の上で、ころころ転がしたけれど、別に面白くもなんともない、というか、すぐに飽きてしまった。これは子供が本当に欲しがるものではなく、子供に負い目のある大人が、奮発したことを示すために買うものだろうと思う。実際に遊ぶのならもっと小型で、想像力をそそるように精巧な、きめの細かい列車のほうが向いている。

結局子供同士話は弾まず、兄貴とふたり、任務は果たせていないことがわかっていながらすぐに帰ってきたのを覚えている。

ところで、草平大人の資金源の円本は、改造社が始めたものだったが、円本の名の通り、一冊一円で、活字がぎっしり詰まっていた。それまで、装釘《そうてい》のしっかりした本はその何倍もして高価であったから、若くて、目がよくて、字の細かさなんかなんでもない、向学心のある勤労青年、学生によく売れたらしい。

各社が競って円本の全集を出し始め、大量に出版されたが、その競争は、最後は子供の本にも及んだ。それが、菊池寛《きくちかん》の文藝春秋社が後ろについている興文社と、北原白秋の弟鉄雄のアルスとの闘いであったと伝えられている。

長兄の家庭教師だった亀崎さんという人がくれた興文社の『小学生全集』は、背文字が黒ずんで読めない地味な装釘の本で、本棚の一列分くらい家に揃《そろ》っていて、そのうちの何冊かは私も愛読した。文学、歴史、科学……と分類してあるらしく、『日本文芸童話集』の巻には、芥川龍之介の「アグニの神」が入っていて、私はこれだけを読んだ。今取り出してきてみると、巻頭は志賀直哉の「菜の花と小娘」である。菊池寛自身も書いている。その他、与謝野晶子、小山内薫《おさないかおる》、広津和郎《かずお》、と、それこそ文学史上の、錚々《そうそう》たる名前が並んでいる。

生物学では、牧野富太郎《とみたろう》と鷹司信輔《たかつかさのぶすけ》の『鳥物語・花物語』があって、その本の口絵に、西洋の鳥類学の書物から採った精緻な木口《こぐち》木版の挿絵があって、私はこれに感動した。何度眺めたか知れないほどである。

ただし、中の挿絵はけっこうお粗末で、羽が退化し、その代わりに、脚で巧みに泳ぐ絶滅鳥ヘスペルオルニスなどの挿絵は略画のようで、うまいとは思わなかった。そのほかに、表紙にゴリラの顔の描いてある古生物学の本、木村徳蔵著『人類と生物の歴史』の口絵も眺めて飽かなかったけれど、ピルトダウン人のところ以外、難しい本文は読めなかった。それでも、旧字、旧仮名には慣れてしまった。


戦前の生活は立派だったんだなあ、と思わせるもうひとつのものは、デンチク、すなわち電気蓄音機であった。要するにレコードプレーヤーである。これは重厚な無垢《むく》の、木製の大型家具みたいなもので、今の電気冷蔵庫ぐらいもあった。胴の正面に並んでついているスイッチを回すとほのかな暖色の灯《あか》りが灯《とも》る。

上のふたを開けると、まるでミニチュアハウスであった。自分が巨人になって、人が住んでいる家の屋根を剝《は》がして室内を上から覗《のぞ》き込んでいるような感じになる。丸いフェルトか羅紗《ラシャ》を敷き詰めたターンテーブルがあり、銀色のアームがくねくねと曲がっている。

その金属のアームの先に、鋼鉄か竹の針を取りつけ、ターンテーブルの上で忙しく回転しているレコードの外周の部分に落とすのである。竹の針は専用の鋏《はさみ》で切って先を鋭くしなければならない。

レコード盤は、大阪市内から疎開する際に箱の中で割れていたのが大分あったそうである。この頃、合成樹脂はまだなくて、レコード盤はメキシコあたりで採れるラックカイガラムシという昆虫の分泌物を固めて作ったものだからけっこう脆《もろ》いのであった。

カルーソーの「マルタ　夢の如《ごと》く」、シャリアピンの「ヴォルガの舟唄」、クライスラーの「愛の喜び」、藤原義江《よしえ》の「鉾《ほこ》をおさめて」などという演奏を繰り返しかけた。「ヴォルガの舟唄」のB面はムソルグスキーの「蚤《のみ》の歌」で、A面もB面も実に表情豊かに唄うのが伝わってくる。まさに、破《わ》れ鐘《がね》のようなバスなのだが、荒々しい感じはなかった。そのレコードを聴きながら父が言った。

「シャリアピンが日本に来て、東京の日比谷公会堂で唄《うと》うたときにな、公会堂のガラスが割れたそうや」

「ふーん、ほんま？　ウソー」

父はよくそういう冗談を言い、そのくせは私にも伝わっている。

ヲ

歳末風景

昭和十九年の生まれであるから、戦前のクリスマスのことはもちろん知らない。戦後の昭和二十五年頃の、世間一般のクリスマスの夜の状況については、多少知っているような気がするけれど、それも、『サザエさん』の漫画か何かで見た程度のことなのかもしれない。テレビのニュースは？　と言う人がいるかもしれないが、テレビはまだなかった。もちろん。

しかし、その頃、映画館に行くと、二本立て、三本立ての映画の間に、「ニュース映画」が流され、それが、目の前いっぱいの大画面ということもあって、新聞やラジオ以上の迫真の情報だった。そういえば、佐藤惣之助作詞の歌に「お茶を飲んでも、ニュースを見ても、純なあの娘《こ》はフランス人形……」とかいう歌詞があった。

朝鮮戦争の実写があった。三十八度線をめぐっての攻防の頃である。竹脇昌作《たけわきしようさく》というアナウンサーの、鼻にかかった、そして切羽詰まった実況中継のようなナレーションがまだ耳に残っている。俳優竹脇無我《むが》の父、といっても、その息子さんのほうさえもう、今は亡い。

日常のニュースでは、その前の週ぐらいの野球の試合の結果とか、東京・丸の内のサラリーマンの出勤風景とか、国会の乱闘とかが、白黒の画面で放映された。今も日比谷、銀座周辺に行くと、「ああ、ここだな、あのニュースの場面は」と思うことがある。ニュース映画を撮った新聞社のカメラマンが、手近の街の情景ということで、いつも、有楽町や新橋、銀座あたりで撮影していたからであろう。

特に印象に残っているのは、裸の屍体《したい》が海の波間にぷかりぷかり浮いている場面である。それは、大島の三原山に墜落したという日航機の「もく星号事故」の犠牲者の映像だったように記憶していたが、どうも時代が合わない。それに山腹に激突したはずの屍体は、海の底を覗《のぞ》き込むように浮いている。一体なんの事故だったのだろう。今ならもちろん、公開できない映像である。

いずれにせよ、そういうニュース映画のひとコマとして、歳末風景が映されたのではなかったか。新橋かどこかのクリスマスの夜の情景を見たように思うのである。ネクタイをゆるめた眼鏡のサラリーマンが、同僚と肩を組んで、ボール紙製の尖《とが》った円錐形《えんすいけい》の帽子をかぶり、手にはデコレーションケーキの包みを下げて、「ジングルベル！　ジングルベル！」と、それこそ放歌高吟《ほうかこうぎん》どころか絶叫しながら歩いている。ラジオからも繰り返し、繰り返し「ジングルベル」と、ビング・クロスビーが独特のソフトな低音で唄う「ホワイト・クリスマス」が聞こえてきた。

このサラリーマン氏が、たとえば四十歳なら、五年前の終戦時は、三十五歳である。軍隊にいてびんたを張られていたかもしれない。私の歳上のいとこは、革のスリッパで顔を張られた、と言っていた。五尺八寸の、当時では大男で、早稲田大学出のインテリというのがいけなかったらしい。

ヨッパライのサラリーマン氏は、運が悪ければ、びんたどころか、場合によっては、今も、どこかの国の捕虜だったかもしれないのである。あるいは、ほんの数センチの違いで、弾に当たって戦死ということになったかもしれないし、熱帯の感染症で戦病死したかもしれない。今こうして生きていて、会社の同僚と肩を組み、酔っぱらって騒いでいられるのは夢のようだ。「バカヤロー、もっと飲もう！」と、思ったりすることがあったにちがいない。

その頃のサラリーマンも労働者も酒癖が悪く、駅のホームで嘔吐《おうと》したり、殴り合いの喧嘩《けんか》をしたり、駅員さんが気の毒なくらいだった。今の若者とは違い、酔ったときには派手に、破れかぶれに、生きていることの幸せと不可解さを力いっぱい、声と動作に現していたようである。それもやはり戦場にいたから、ということにちがいない。戦争に行かなかった人にしても、空襲の、焼夷弾《しょういだん》が降ってくる中を逃げまどって、かろうじて生き残ったのである。

その時代環境が激変した。たった五年、無我夢中の五年である。

家にいて、私の世話を焼いてくれていた島田のおばちゃんと映画を観ていたら、いきなり、「出よ、出よ」と言って、映画館の暗がりから私の手を引いて外に出た。映画は戦地の兵隊さんが、激論を交わしている場面だった。「ああいうのを見ると腹が立つ」とおばちゃんは言うのであった。おばちゃんは、ニューギニア島の近く、ソロモン諸島で息子を亡くしたのだった。外に出ると映画館の暗黒が嘘のように、日の光がまぶしかった。なんでそんな映画を私がおばちゃんとふたりで観ていたのか、それもわからない。

実際に私の同級生たちの半分くらいは、お父さんが戦死、または戦病死だということであった。お父さんが日本に帰国できたのはいいが、一定の期間を過ぎてから病死したために、恩給が受けられなかったと恨んでいる同級生がいた。お母さんがそうこぼすのであったろう。彼は、秀才でもあったけれど、いつも真剣できつい目をしていて、笑わない子であった。

街の喧騒《けんそう》はさておき、私の家では、クリスマスというものは厳粛に祝う儀式であった。和服を着た父が――明治生まれの父の世代は、家では和服であった。会社から帰ると洋服から着替えるのである――床の間を背に、聖書の一節を朗読して説教をする。お座敷の丸い大きな座卓のまわりに家族一同が居並んで、畏《かしこ》まってそれを聞く。

まるで牧師さんのようだが、事実、父は宣教師になるところだったのである。父が田舎から出てきて勤めた商店の経営者夫妻が、明治のプロテスタントで、その感化を受けて日曜学校に通ううちにキリスト者になった。特にその奥さんが、横浜のフェリス女学院の第一期生だとかいうハイカラな人で、父は終生ふたりを恩人として遇した。

そのうちにアメリカへの留学が決まり、船の切符も買ってあったのに、出発直前に父は喀血《かっけつ》し、富士見高原のサナトリウムで二年ほど療養した。長兄はそのときの使わずじまいのパスポートを見せてもらったが、父はいかにも残念そうに、その頃の心境について語ったらしい。しかし、肺結核は当時、死病である。とても留学どころの話ではない。長い療養生活のうちに考えが変わり、少しずつ健康を回復して、それまで勤めていた製粉会社から独立し、自分で経営するようになったのだという。

母もまたクリスチャンであった。というより、ふたりを結びつけたのは教会である。

とはいえ、母の書き残したものはほとんどない。元来、自己主張などとは無縁の人で、私の父、つまり「主人」に「絶対服従、絶対信頼」の人であった。わずかに書いたものも、父の遺文集に寄せた「主人の思い出」と題した短いものだけである。それはこんなふうに始まる。

初めて私が新町の教会に行きましたのは、昭和六年頃、私が二十二歳の時でした。私はその当時、新町の教会からあまり遠くない、靭《うつぼ》の兄の家に住んでおりました。兄は靭と順《じゅん》慶町《けいまち》で診療所を開いておりました。

母の兄なる人は、医者でもないはずなのに、どうして診療所などを開いていたのか、よくわからないけれど、医者を雇って私立の病院のようなものを経営するというようなことが当時はあったのだろうか。

私は京都に生まれて、紫野《むらさきの》の女学校を出た後、しばらく小学校の教員をしておりましたが、兄を頼って大阪に出、簿記とソロバンを習い、その後、大阪城の近くにあった、陸軍の被服廠《ひふくしょう》に勤めて、庶務課で会計の仕事をしておりました。

母は、自分で書いている通り、紫野にあった京都淑女高等女学校、ついでその補習科を出てから小野の村に戻って二年間、小学校の先生をした。袴に袂のある着物を着て、たすき掛けで体操をした。一教室に四年生までが一緒で授業を受ける。オルガンを弾き、児童と一緒に唱歌を唄ったりしていたらしい。その話は、直接聞いたこともある。ピアノも女学校時代に必修だった。

その母の、父との出会いは、一種神秘体験みたいなものである。

私が教会に行きましたのは、人に勧められたからではなく、何かに惹かれるようにして、ひとりで、教会の門を入って行った事を憶えております。

その当時、私は、何となく心さびしく、不安であり、心の安らぎを求めていたのだと思います。

或る夏の日の夕方、勤めから帰った後、私はゆかたを着て帯をしめて、教会の近くまで歩いて行きました。

その時、教会の門が開いたので、私は教会の中へ、ひとりでに、ふらりと入って行ったのです。教会では丁度その時、祈祷会が行なわれておりました。初めての私に対して、教会の人々は、実に温かく迎えて下さいました。

思えばその時がきっかけで、私の今日の運命が始まった訳です。

その教会に、父がいた、というわけである。

さて、父は牧師にも宣教師にも結局はならなかったが、聖書はいつも読んでいた。私にも『エスさまものがたり』というような絵本を買ってくれたりしたけれど、私にはちっとも面白くなかった。言葉がとってつけたように取り澄ましていて、第一、絵の色が薄い。

クリスマスの夜は樽《たる》のような鉢植えの樅《もみ》の木《き》のクリスマスツリーを飾り、座敷に正座して、賛美歌を唄う。頭の中に残ったその断片。

我がゆく道いつ如何に
なるべきかはつゆ知らねど、
主は御心なしたまわん。

賛美歌は、クリスマスのみならず正月にも唄うのであるから、私としてもいい加減歌詞を覚えてもよさそうなものだが、明治の文語文の詞は難しかったし、メロディーはどれもよく似ているように思われて、楽譜の読めない私は、いつも遅れがちに、隣にいる兄や姉の口真似《くちまね》をしてごまかしていた。一番だけ覚えているというのが二、三曲しかない。ただ、この西洋の音階は体に染みついた。

それから、父が聖書の一節を読み上げ、説教をする。兄弟仲良くすることの大切さを説いて、たとえ、仔牛《こうし》の丸焼きのような御馳走《ごちそう》でも、兄弟がいがみ合いながら食べるより、貧しいパンを分け合いながら食べるほうがおいしいのだ、と父は言う。「そんなはずないけどなあ」と、口に出して言ったら叱られるけれど、小学一年生の私は首をひねった。これからまだまだ、御馳走とプレゼントまでの道のりは遠いのである。

プレゼントは、サンタクロースが持ってきてくれたものだと聞かされていたが、それを父が一人ひとりに手渡ししてくれるのだった。サンタさんが持ってきてくれたのに、デパートの包み紙が……とか、大分前から奥の部屋に隠してあったのを見た、とか、下の姉からの攪乱《かくらん》情報があったような気がするけれど、サンタさんの実在性について、別に私はどうでもよかった。家の中も外も寒かったけれど、世の中には楽しいことと怖いことが満ちみちていた。

8 溜め池と清水さん

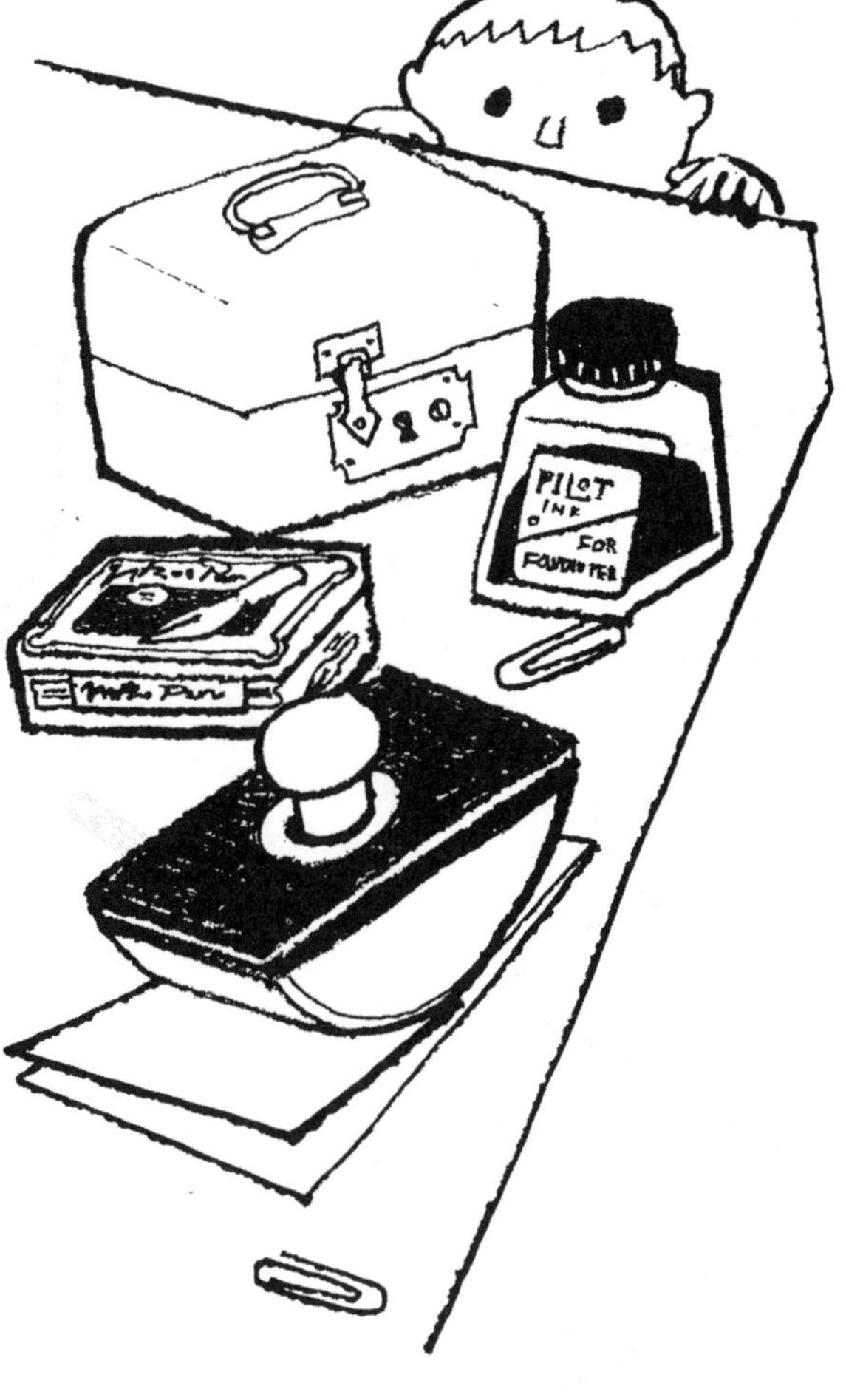

私の育った大阪の南部、和泉《いずみ》地方は、河内《かわち》地方と並んで平野部が広く、灌漑用《かんがいよう》の溜め池《たいけ》が点在していた。

山から海まで流れていく水をただ流さず、上手に利用できるように、平坦《へいたん》な土地のところどころに溜め池を造って水を貯《たくわ》え、細い用水路でつないで田んぼに水を引き、夏の日照りにも備えている。

それらの溜め池には、大きなのも、小さなのも、たくさんあったけれど、大きなのとなると、岸和田の久米田池のように、周囲が一里もあり、行基菩薩《ぎょうきぼさつ》が造らせたとか、弘法大師が一夜にして出現させたとか言い伝えられていたようである。行基といえば奈良時代の伝説的人物である。溜め池の起源については、わからないことばかりだが、この地方の歴史は『日本書紀』でも調べてみなければならないほど古い。

平らな土地を掘って、その土でぐるりと丸く堤防を築き、池の端のほうにある木造の水門で水位を調節する仕掛けになっている。子供の我々はその装置を「ひい」と読んでいた。漢字では「樋」と書くのであろうが、水はそこから堤防の下を木か、石の管《くだ》でくぐって、用水路に流れていく。

堤防の幅は三、四メートルもあったろうか。しかし、そこに決して大きな木は植えない習慣になっていた。根が堤防を崩すのを恐れてのことかもしれない。せいぜい、グミやノイバラが生えている程度で、水辺にはヨシやガマが茂り、人の踏むところは芝生にオヒシバやオオバコが混じった草地であった。

泉州地方は、地味《ちみ》が豊かで、物がよくできるので、農家では、寸土を惜しんで耕す。田の畦《あぜ》にも影を宿す大樹などはまったくない。

平地を見渡しても草地や雑木林などはなかったから、こうした溜め池の土手が、市内に住む人たちの散歩道のようになっていた。ここが、いわば公園の役目を果たしていたのである。ちなみに、農家の人は散歩をするどころではなかった。毎日が腰を曲げての重労働で、家に帰ればへとへとだったにちがいない。

しかし、泉州地方の農家は豊かで、柱も屋根瓦も上等の、立派な家が並んでいた。後に大学生になって旅行をしたら、家の屋根に石が置いてある地方があって驚いたことがある。

アベックという言葉が、日本中に流行《はや》り始めて、あの人目のうるさい田舎でも、若い男女のふたり連れが見られるようになっていた。ロマンチックに散歩するところといえば、溜め池の土手ぐらいしかない。なかには、男がギターを抱えているアベックがいた。黄昏時《たそがれどき》、子供の私がたまた池に居合わせたのだが、そのギターの音がボロ～ンと、暗い対岸から水面を渡ってきたときの響きの美しかったこと。だが、そのギタリストに弾けるのはその一音のみのようであった。

そんな池は、もともと灌漑用に造られたものであったけれど、鯉《こい》や鮒《ふな》をはじめ、モロコなどの養魚場にもなっていた。特に鮒は河内鮒《かわちぶな》という、この地方特産の品種が養殖されていた。毎年、稚魚を放し、秋から冬の農閑期に「掻《か》い掘り」をして出荷する。

鮒も鯉も、食用にするのである。淡水魚を生で食べることを、今は警戒する人が多いようだが、鮮度のいい海の魚を内陸まで届けるのが難しかった時代には、鮒の刺身、鯉の洗いは、最高の御馳走《ごちそう》であった。田山花袋《たやまかたい》の『東京近郊一日の行楽』などでも、「あれぐらい旨《うま》い鯉を出す店は……」などと、鯉にはうるさい。

鮒の刺身は、戦後すぐの道頓堀川に浮かんだ牡蠣舟《かきぶね》でも出した。酢味噌《みそ》や芥子味噌で食べたように思う。今考えると、あの頃の道頓堀、千日前は、上司小剣《かみつかさしょうけん》の『鱧の皮』の世界へと、つながっていたわけだ。

掻い掘りの時期が近づくと、溜め池の水を水門から少しずつ流す。何日も経《た》って、水がだんだん少なくなっていくと、池が巨大な浅い擂《す》り鉢《ばち》型《がた》の構造になっているのがよくわかる。そしてある日、祭りのように男たちが大勢集まって、大きな網を広げ、力を合わせて魚を追い込む。中央部の泥水に、魚の群れがぴちぴち、ばしゃばしゃと犇《ひし》めく様は壮観であった。なかには七、八十センチはあろうかという独逸鯉《ドイツごい》の大物がいて、それは、捕れても、毎年逃がしてやっているのであった。

魚の餌は工場や刑務所から出る残飯である。何日かに一回、カワサキという男がオート三輪、当時の呼び方でいうとバタバタの荷台に大量の残飯を積んで、決まった時間に運んでくる。それを岸辺の決まったところから、スコップで池の中に投げ込む。すると大量の魚どもが、水しぶきを上げて餌に群がるのである。カワサキ氏は、養魚の権利を借りているのであったろう。だから、子供などが勝手に魚釣りをすると、竿《さお》をへし折られ、池に叩《たた》き込まれる、という噂《うわさ》であった。

田植えの季節には、まわりの水田全部が、この池から水を引くのである。雨天が続いて満々と水がたたえられるようになると、農家の管理責任者が、ふんどし一つになって水門を開き、水を流す。そんなとき、めったにないことだが、水門の隙間をくぐって、魚が外の溝まで流れて出てくることがある。

小学二年生の梅雨時のこと、私が学校から帰って、うちの裏口のところまで来ると、上流から大きな鮒が浅い小川を流れてくるではないか。体高が高いために、背が水からはみ出ている。私は胸の動悸《どうき》を抑えながら、大急ぎで、玄関のほうへ走っていった。そしてステッキ差しの大《おお》壺《つぼ》から、我が愛用のたま網を抜き取り、裏に戻った。鮒の姿を探すと、まだいる、いる。小川の下流のほうをばしゃばしゃ暴れながら流されていく。よしっとばかり私は、首尾よくその鮒を掬《すく》い上げた。

女中さんに洗濯盥《せんたくだらい》を出してもらって、鮒を放つ。騒ぎを聞きつけて事務所の清水さんが、にこにこしてやってきた。「大ちゃんお手柄」と誉《ほ》められて、私は、それこそ一世一代の晴れがましい気分というものを味わった。

清水さんは、さっぱりした小柄な老人だった。短く刈り上げた頭に針金のような銀髪が混じっているお爺《じい》さん、と、幼児の私には見えたが――しかし、当時の定年を五十五歳と考えると、あの頃からまだ十年は父の会社におられたようであるから、私の記憶にある清水さんは、五十にもなっていなかったことになる。

最初の記憶は、誰かに抱っこされた私に、狐色《きつねいろ》に焼いたトーストに味噌を塗って細く切った「味噌パン」を、「ほら、あーん」と言って食べさせてくれる清水さんの姿である。

清水さんは、会社の会計係だった。無論、計算をし、帳簿をつけるのが仕事である。税務署に見せる資料も作る。

細かい数字の並んだ、薄黄色に赤い線の印刷された紙を重ね、白い厚紙の表紙を作り、千枚通しで穴をふたつあけて、黒い紐《ひも》で綴じる。それから定規に千枚通しを当てて、縦にまっすぐ、すーっと透明な線を引く。これで表紙にきれいな折り目がつく。

そして端正な楷書で、表題を書くのである。横で見ていると、白い紙を黒い墨が染めていき、意味のある文字が、印刷するように書き記されていくのである。なんだか奇蹟《きせき》のようなその有り様を、私はそれこそうっとりと眺めていた。

机の上の筆筒《ひっとう》には、いつも紙縒《こよ》りが差してあって、これは薄い紙の束をまとめるようなときに使う。紙に穴をあけ、よじって紐状にしたこの紙縒りをその穴に通すのである。日頃から、暇なときに、繊維の強い和紙を細く裂き、ちょっと唾をつけた親指とひとさし指の先でくるくると器用にひねって作っておく。真似《まね》をして作ろうとしても、子供には、ゆるい、無様なものしかできない。

事務所の机の上は、文房具の宝庫だった。主な筆記具といえば付けペンにインクの時代であるから、ペン軸とペン先があり、ペン先は、それほど上等の金属で作られたものではないから、いい具合に書き慣れた頃にはすり減って駄目になる。だから、小さな箱に入れていっぱい用意されていた。これを二本、逆向きに木綿糸で縛って、手裏剣にならないかとやってみたが、うまく刺さらなかった。万年筆はどうかというと、高級品だからか、事務で使う人はいなかったようである。パーカーの万年筆などはもっぱら記念品として用いられた。子供だって万年筆が欲しい。だから、安物を夜店で売っていて、それは、家に帰るとすぐ、インクが漏れて使えなくなるのだった。「あんなに立派に見えたのに……」。テキ屋の口上は実に巧みなのであった。

和文タイプなどという機械もあった。使用頻度の高い漢字と仮名文字とが四角い枠の中に並んでいる。英文と同じタイプライターなのだが、よく使う漢字だけに限定していても、何しろ、漢字の数が多いものだから、大きな重い装置になる。左右逆さまに鋳造された鉛の活字が盤面にずらりと並んでいた。

それをいちいち機械仕掛けのアームでつまみ出して印字するのである。薄い、柔らかい和紙に、契約書などを印刷するときに使ったようである。打ち上がったものに、朱色の判を最後にべたべたと捺《お》していた。

それから、吸い取り紙。書いたばかりの文字のインクが手につかないよう、すぐ上から押し当てる紙である。厚手の、柔らかくて、ちょっとフェルトに似て、よくインクを吸い取る紙で、短冊形をしている。それを、円筒形を半分に切ってつまみを取りつけたような木製の道具にセットして使うのである。

……と書いて私は、自分がこの道具の名称を知らないことに今、気がついた。実際に、その物は、今のオフィスには存在しないだろう。とりあえず「円筒形を半分に切って……」と説明したが、これを見たこともない人には、本当のところはわかるまい。名前の知らない物を、そのイメージを持たない人に言葉で説明するのは、難しいことである。インターネットを引いてみてもよいが、なんとなく癪《しゃく》だからやめておく。

ボールペンはあることはあったけれど、すぐにインクが詰まって、かすれたり、ぼとりと落ちて、油染みのようになったりした。筆記具というよりまだ子供のおもちゃ程度ではなかったか。

ゴム印とスタンプパッド。大量のゼムピン。事務員がシャツの汚れを防ぐために袖にかぶせる黒い筒のようなゴム紐つきの袋。懐かしいものはいろいろある。

ホッチキスなどはもうあったか。もちろん、コピーやファックスのようなものはない。複写するときは、カーボン紙を使うのである。

事務所に子供が入って、その辺にある物を勝手にいじっては叱られる。みんなが帰ったあと、長野さんという夜警さんが、戸締まりをしたり、天井にとまっている蠅《はえ》を長い硝子棒の捕獲器で捕ったり、入り口の扉の真鍮《しんちゅう》の取っ手を磨いたりしているときに、入れてもらった。

それはさておき、清水さんはどうも数字には弱いらしく、算盤《そろばん》を置き、帳簿をつけながら、「こんなもん合《お》うたらオバケや」と笑いながら言ったりするので、父は腹を立てていた。母を相手に「字のうまいやつにろくなのはおらん」と言うのを聞いたことがある（父自身は、「悪筆で……」と自分でよく言っていた。だから、書を書くことなど、父は嫌いなのかと思っていたら、晩年は、墨を摩《す》り、論語の文句などを半切に書いたりしていた。心斎橋の書道用品店〝丹青堂〟などにもときおり立ち寄って、筆を買ったりしていた。あの父に端渓の硯《すずり》でもプレゼントしてあげたかった、と今にして思う）。

清水さんにはどことなくバタ臭い感じというか、西洋風のしゃれたところがあって、事務所の入り口の、外光と室内の光の境のところにいるとき、どうかすると瞳が美しいすみれ色に光ることがあったような気がした。

もっと大きくなって、清水さんのことを母と話しているとき初めて知ったのだが、この人のおじいさんか、ひいおじいさんが西洋人だったということであった。

後に、私が大学に入って、フランス語を習っていることが伝わったのか、ある日——清水さんはその大分前に定年退職していたのだが——家に訪ねてこられて、にこにこしながら、ふろしき包みから何冊かの本を取り出した。リーヴル・ド・ポッシュ叢書《そうしょ》の『モーパッサン短編集』と、戦前の昆虫界の大ボス、松村松年の『驚異と神秘の生物界』その他の本であった。

「定年で、暇になって、梅田の丸善で、モーパッサン買《こ》うたんやけど、目が悪うなってもう、読めん。大ちゃんにあげるわ」

話してみると、なんと、清水さんは、大阪外語のフランス語科の出身なのであった。フランス語を習いはじめの私などにとっては、大先輩ともいうべき存在で、そのことは、しかし、それまでおくびにも出さなかった。

学生時代のことを懐かしそうに話されるのを、かろうじてついていく感じで理解したのは、

「『テレマック』やられてなあ。難しいて往生したわ」

というあたり。つまり、先生がテキストに、フェヌロンの『テレマックの冒険』を使ったので、予習、復習が大変だったというのである。『テレマック』は、あのトロイ戦争の英雄、ユリシーズの息子「テレマコス」のフランス読みである。フランス十七世紀の作家フランソワ・フェヌロンが、王太子、つまりルイ十四世の孫の教育のために書いた物語というもので、私な

どは文学史の本で知っているだけで、実物のテキストは、読んだことがなかった。白状すれば、この頃、夜寝るときに、YouTubeで、同じ古い時代の、リュリやグルックの歌曲はよく聴くけれど、フェヌロンのほうは、今になっても、まだ読んでいないのである。

9 伊勢の海

こんな表題を掲げると、相撲の話でも始めるのかと思われるかもしれないが、そうではない。相変わらず子供のときの想《おも》い出である。

小学一年生の夏休みのことだった。一家揃《そろ》って父親の里の三重県に行くことになった。大阪から近鉄線に乗っていったはずであるが、伊勢神宮に着くまでのことはなんにも覚えていない。神社に着いてから、広い砂利道を通ってお参りした。強く印象に残ったのは、五十鈴《いすず》川の水の清らかさと、そこを泳いでいる魚の群れの見事さである。

あれから何度も伊勢神宮にはお参りしたけれど、今考えてみると、子供の私が感動したのは、内宮《ないくう》の、御手洗《みたらし》場と呼ばれているところだったのだろう。なだらかに下っている広い河原から水際まで行って、透明な水を覗《のぞ》き込むと、川底に平たい大きな石が見えた。

そこに大きな鯉《こい》の群れが泳いでいた。「捕りたい！」と思った。群れの中心に近づこうと、水に足を浸《つ》けてみた。浅いつもりでいたら、意外に深いのである。透明さゆえに本当の深さがわからないのだ。一番深い澱《よど》みのあたりは、私の背が足りないくらいに思えた。

足を滑らせて水に落ちたら溺れて死ぬ。高所恐怖症のような、一瞬の恐怖と蠱惑《こわく》を感じた。川といえば家の裏を流れる用水路くらいしか知らない小さな私にとって、五十鈴川はずいぶん大きな川であった。

急いで岸辺に戻って、捕まえる算段まで思いめぐらしながら私がじっと魚に見とれていると、父は先を急いでいたのであろう、「勝手な子は放っていくぞ」と珍しく機嫌が悪かった。こんなところで放っていかれたら「家なき子」になってしまう。ひやりとして私は鯉の群れの魅力から引き離され、家族のあとを追った。母は父の手前か、困った顔でふりむいて、「はよおいで」。

父の里は、宇治山田から険しい峠を越えて、四十キロほど行った海辺の狭い漁村である。我が家は子供が六人もいる大家族なので、タクシーを二台雇った。

戦争直後の交通不便な時代である。今の人は信じないかもしれないが――というより、私自身信じられない気がするのだが――そのタクシーは木炭車であった。ガソリンが乏しい頃、その名の通り、木炭を燃やしていたのだと思う。まさか薪《まき》は燃やしていなかっただろうが、自動車が黒い煙を吐くのは見ている。

これは旅行中のことではなく、幼稚園の帰りの話だが、迎えに来てくれた母の姉、島田のおばちゃんと家の近くの警察署の前まで来ると、一台のおんぼろトラックが停車して、もうもうと黒煙を吐いていた。

「窒息するっ！」

とおばちゃんが険しい顔で言って、ハンカチで口を塞ぎ、息を詰めて、ふたり手をつなぎながら、黒煙の下を走り抜けた。その向こう側に着いてから、

「ちっそく、て?」

と私が訊《き》いた。それでその言葉を覚えた。今でも窒息は恐ろしい。

交通事情がそんな具合であるから、宇治山田で雇ったタクシーも木炭車だったのである。力の足りない車が山路をあえぎあえぎ登っていく。すると一羽の鷹《たか》が舞い降りて、少し飛んではとまり、車が近づくとまた少し飛んではとまる。まるで人間どもを誘っているようである。

「あの鷹捕りたいなあ」

と私の頭の中は、この立派な姿をした猛禽類《もうきんるい》のことでいっぱいになった。生き物を見るといつも、捕まえて飼いたい、と思う野蛮人で、私はあった。

「あれ、捕られへん?」

「いや、あれは絶対捕れん」

と、なんだか確信があるように、父は答えた。鷹の策略を知っているような口ぶりである。

もうすぐ峠という頃、タクシーは二台ともエンジンが熱くなってエンコした。ボンネットを開けると、燃えるような熱気が上った。冷めるまで待たねばならない。運転手さんが、用意し

てあった水を補給したようであった。鷹がこっちを見ている。
しばらくしてやっと走り出し、能見坂《のみざか》という峠を越えると、下り坂で車の走行も楽になって、濃い青の海が見えてきた。小さな村があった。三重県度会郡《わたらいぐん》鵜倉村《うぐらむら》贄浦《にえうら》。この村の地形と住民の運営する制度について、父の弟、つまり叔父の文章だとこうなる。

「紀伊山脈の南端の山並みが、そのまままいきなり熊野灘《なだ》へ没していく山から海へのはざまの村で農地が少なく、村は海岸に沿って狭い道路で区切られているほかは屋根と屋根がくっついている。奥まった入り江の一つは昔からの帆船航路の泊港にもなっている。太平洋に面した荒磯と大小の島があって海岸線を長くしているので海草類が多く、沿岸回遊魚の好漁場をなしている。現在は近代化された漁法で大きな定置網を村の共同組合で運営している鰤大敷網《ぶりおおしきあみ》といわれる鰤漁が中心である。」

この鰤大敷が開始されるまでは、沖を通過する鰤の大群を、漁師らは指をくわえて見ているしかなかったのであろう。これと、春期の二か月ほどの間に行われる「鰡網《ぼらあみ》」のことも叔父は書いているが、それもまた、大規模な網の製作、補修と、それから、いよいよ鰡の大群が押し寄せてくる時期の見張り小屋での当番など、村を挙げての共同作業だったようである。もちろん、鰡と鰤とでは、値打ちが違う。鰤は高価な魚である。戦後になっても、冬の寒い時期に、その獲物の鰤が、我が家に届けられることがあったけれど、それはまことに巨大で豪華な魚であった。

魚の姿はしているけれど、大きな木箱から出されて、家のコンクリートのタタキにごろんと横になって、血を流しているところは、私の頭にある魚の範疇《はんちゅう》を超えているように見えた。素人の台所にあるような、出刃や柳刃ではとても鮮やかには捌《さば》けない。最後は父が指揮して解体し、切り身をまわりの家に分けたようであった。

先の叔父の記述の次にはまた、村の生活の仕組みについて、次のようなことが付け加えられている。

「近代化が進められる以前にはこの村は、長い海岸線の海草からの収入や村落共同体の網での漁法に頼る部分が多かった。一家一株、平等権を持って其《そ》の収入も平等に分配する制度をもっていた。そして共同の利益を阻害しない漁は、それぞれの漁師の工夫で許されてもいたのである。従ってその〝株〟を持っている事はこの村に住む者には重要であった。私共の父母が三男の私を跡とりのない縁故先の養子にしたのは、こんな背景も一つの理由だと思います。私の十一歳の時のことです。私はその二年後、大正十一年、十三歳の時大阪へ出ましたが、私が若《も》し大阪で失敗して帰って来ても、何とか食ってゆけるようにとの親達の遠謀があった訳なのです。（中略）戦時中、終戦近く、この養父の遺してくれた小屋を修理して妻子が疎開していた事がありますが、その時はまだ〝株〟の権利が生きていて組合員として配当金も受け、何より鮮魚の割当があって食べ盛りの子供らの食糧不足を補い、村にない野菜を近隣農村で手に入れる時の種になりました。そんな頃私は、たまに大阪から一両日帰ることがあったのですが或《あ》る時など鮮魚や伊勢《いせ》エビの割当配給が多くて、其れを飯代わりにした事もありました。」

長い引用で、なんだか気が引けるけれど、こんなふうに書いている叔父が若い頃共産主義に憧れたのは、出身地のこの制度のありがたさを見ていたからにちがいない。

その兄である私の父にしても、生活協同組合運動に大きな関心を持ち、賀川豊彦、杉山元治《もとじ》郎《ろう》らの始めた共益社という消費者共同組合に関係していたようである。キリスト教信仰と、かけひきという商売のやり方。この大阪商道徳との矛盾に父は悩み、生活協同組合の理想に大きな魅力を感じていたと、叔父は書いている。

アメリカ帰りで、キリスト教社会主義者の賀川豊彦の名は、父からたまに聞くことがあった。父の本棚にもその関係の本があったようである。賀川の小説『死線を越えて』は戦前の大ベストセラーであるが、彼が、あの大杉栄にファーブルのことを最初に教えたというのも、何かの縁、というか、世の中は、どこかでつながっていると、いえばいえよう。

話がそれたついでだが、戦時中の食糧不足の原因のひとつには、輸送手段が整っていなかった、ということがある。食い物はあるところにはあっても、遠くまで行き渡らないのである。

集英社にいて私を大事にしてくれた岡田朴《すなお》さんという人は、この「伊勢エビを飯代わりにする」のと同類の体験をしたらしい。

戦時中、岡田さんは鳥取県にいた。冬のシーズンになると、毎日マツバガニが大量に獲《と》れる。それを浜辺に据えたドラム缶で茹《ゆ》でる。はじめはこんなうまいものはないなあ、と思うほどうまいが、口に入るものは、「明けても暮れてもマツバガニばっかり」という状況が続くと、「つくづく、米の飯が食いたいと思いました」ということになるそうである。

この岡田さんのいわゆるひとつ話が出ると、岡山県出身の某氏は、負けじと、

「私はマッタケで苦労しました」

と言い出すのであった。

「秋になるともう、来る日も来る日もマッタケばっかり。弁当の御菜《おかず》に入れられたら、恥ずかしくて、弁当箱のふたで隠して食べましたよ」

そう言われると、歳下で、戦時中を知らない私も黙ってはいられない。

「和歌山のきょうしというところのマツタケ山に行ったときは、僕もマッタケに食傷しましたね。なだらかな山の上にゴザを敷いてね、大きな鉄鍋で、マッタケと牛肉のすき焼きをするんです。昭和の三十年くらいですよ。それがざくざく大ぶりに切ったマッタケに牛肉がちょっとしか入ってない。マッタケで増量してあるんですよ。ずるいなあ、と思いましたよ」

私は小学五年生くらいだったか、まだまだ牛肉は貴重品だった。それに反し、マツタケ山は、赤松の山の手入れが行き届いて、マツタケが豊富に採れたようであった。

山に入ると、赤松とウラジロばかり。そこにもう、山の入り口から、マツタケの匂いが籠っていた。案内してくれる若い衆が鉢巻きをし、腕が丸太のように太かった。

その人が、一本の赤松の根方を指差し、

「ほら、坊ちゃん、透かして見てみ」

と、教えてくれた。「坊ちゃん」という呼びかけは、聞き慣れないもので、私は、少し照れたが、それはさておき、なるほど立派なマツタケが立っている。駆け寄って摑《つか》んでみると、まったく抵抗もなくすっと採れた。あっけないくらい。その日は、日曜だったけれど、客はほぼ毎週来るだろう。目立つところに、あらかじめ植えてあるのではないかと考えた。

話を戻す。明治三十七年生まれの父は、大正のはじめ、出生地の村から大阪へ、我々の旅行の道程を逆にたどったことになる。

つまり、高等小学校を出てすぐ、小学校の先生の勧めもあって、父は大阪に出る決心をしたのだった。「せっかくようできる子やのに、ここにおったらもったいないで」と先生は言ってくれた。先生もまた遠い親戚の人であったようだ。

未明に家を出発して、この十里の山道を歩いて宇治山田に出、関西線で大阪の湊町《みなとまち》まで着いた。近鉄のこの方面の路線はまだなかった。

湊町の駅の改札を出ると、駅前旅館の客引きが群がってきて、言葉巧みに自分のところへ泊まれと誘う。国を出るとき「用心せいよ」と、いろいろ言い聞かされていた少年の緊張ぶりが察しられる。

私の長兄が叔母から聞いた話。

一家で見送りをして、村を発《た》とうという朝、履いていた下駄《げた》がぱかんと割れた。さすがに草鞋《わらじ》履きではなく、下駄履きの時代であった。

「不吉な……」と口には出さなくても、母親はじめ皆がはっとした。ところが父は、

「これは、先が開けて幸先《さいさき》がええしるしや、心配ない」

と言って、逆に皆を励ましたというのである。

あとになってこの話を長兄から聞いたとき、たわけた話かもしれないけれど私は、英国の歴史に出てくる一〇六六年のノルマンコンクエストの際の、ウィリアム征服王の逸話を連想した。すなわち、ノルマンディー半島を発した王の船団が、英国の浜辺に着いたとき、さっと船から飛び降りたウィリアムが、勢い余って、ばたりと前に倒れた、というものである。

はっとした迷信深い家臣団に向かって、王はやおら起き上がると、「これから、我らのものとなる土地にキスしたのだ」と言った。そうしてヘースティングスの戦いに勝利するわけである。

畏れ多くも英国王室の御先祖様の御事績と、しがない庶民の我が父親のエピソードとを並べるなど、もってのほかのことではあろうけれど、「先が開けて幸先がええ」と咄嗟《とっさ》の機転を利かした少年の気丈さ、機知は褒めてやってもいいのではないか。

若い父は、大阪に行けば勉強ができる、という希望が強かったので、何も怖くなかったそう

である。実際に、あの狭い漁村にいたのでは、次男でもあったし、将来の見込みも限られている。ただ、母親のことだけが心残りだったという。

父は、生涯その母親、つまり我々の祖母をいたわり、大切にしつづけた。祖母が大阪に出てくると、好きな芝居に連れていった。文楽座や歌舞伎座へ案内し、また大相撲の大阪場所があると見物に連れていき、那智や勝浦に小旅行をして親孝行をした、と死んだ私の兄が書いている。

あとにする家のことで心残りだったのは、自分の兄、長男のすることが心配だったから、ということもある。この長男は、つまり私の伯父に当たる人だが、残っている写真を見ても、それこそ「役者にしたいような」ごく様子のいい、モテル男であり、それだけおだてにも乗りやすい人物だったようである。家業は魚の仲買いであるから、鰤の大敷網の獲物を売れば一時に大金が入る。だが、それは村の共同体の金である。にわか成り金のその金を、宇治山田の花街は狙っている。

心配でたまらぬ父は、今しも、兄貴らが料亭に繰り込んだ、と聞いて、座敷に上がり、兄貴がまだ酔わされないうちに、大金を取り上げて戻ってきたのだということであった。

そういう昔のことは一切知らない子供の私が村に行った頃、長兄はとっくの昔に死に、家は勝義《かつよし》さんという末弟が守っていた。この叔父は、大柄で無骨な人であったが、手先は器用で、魚を捌《さば》くのは実に早かった。

一般に漁村の男は魚を料理するのがうまいものだが、長兄なぞは「この人が刺身を作ると、魚から血が出ない」と言われたそうである。

我々が父の実家に行った翌日、勝義さんがどこからか大きな鱸《すずき》を手に入れてきて、井戸端で料理を始めた。無口な人で、なんにも説明してくれないけれど、手際がよくて、傍らで見ているると面白い。

ざっ、ざっと鱗《うろこ》を取り、すーっ、すーっと身に包丁を入れていく。たちまち薄い刺身ができた、と思うと、それに冷たい井戸の水をかけた。すると一瞬で身がぷり、ぷりっと縮れ返った。

あれ以後、あんなにうまい鱸の洗いは食べたことがない。

10 京都の家

父方の親戚の話をしただけでは不公平だとは思うけれど、母方の親戚のことは、実をいうと私はよく知らないのである。伊勢《いせ》に住む父方の人たちはよく私の家に来て、場合によっては何日も泊まっていったが、京都の母方の人たちはあまり来なかった。

たまに来ると、母は父に対していかにも肩身の狭そうな感じであった。特に母の兄の為《ため》さんが来たときがそうで、母はなんとなくもじもじしているように思われた。

夏の暑い日にこの伯父さんが家に来たときのことを想《おも》い出す。座敷の襖《ふすま》は全部葭簀《よしず》に替えてあった。為さんは、「暑いなア、今日はまた特別暑い！」と言いながら、お盆のサイダーをごくごく飲み、白い大きなハンカチで汗を拭うと、しきりに扇子でばたばた煽《あお》いだ。髪は短く刈り上げてあって、側頭部の地肌が見え、後頭部に太い筋が盛り上がっていた。

扇風機が首を振っている。黄色い鼈甲《べっこう》の眼鏡に、サスペンダーつきのズボン。カンカン帽は座布団の脇の折り鞄《カバン》の上に置いてある。

私たちの伯父さんに当たるこの人は実業家、それも発明家で、

「今やってる、このサルコンタイトが実用化されたら、えらいことになるねんけどな。それももうじきや」

などと言うのであった。サルコンタイトとは、もうすでに特許は取ってあるとかいう、その

発明の商品名で、セメントか合成樹脂のようなものだそうである。ただ、その事業化には大きな資金がいる。その話を父にしに来たらしい。だから、母はもじもじしているのである。

母の里は、前にも書いたように、京の田舎の山間部で、山林地主であったらしい。その広大な山林を、長子の為さんは、ほかに兄弟がたくさんいたのに、ひとりで全部相続したようである。母などは、

「山の木売って女学校に行かせてもろたんやわ、為さんのおかげや」

などと感謝していたが、ほかの兄弟姉妹はどうもそうは言っていないようであった。なんでも為さんが地元銀行の口車に乗せられ、大金を借りたか何かして、資産の大半を取られたらしい。そんなことを言って、怒っている人もいた。

もっと古く、農地解放のときも、山林地主は土地を取り上げられるようなことはなく、戦後も相変わらず比較的少数の人間が広大な山林を所有していた。そのため、外材の輸入は、早々と自由化されたのではないかと思う。

要するに、票にならないから、お米の場合のようには、護《まも》ってもらえなかったというわけである。

それで、昭和二十五年頃、住宅不足の対策として、日本中の山にスギ、ヒノキを植林した。標高の高いところはカラマツである。五十年ほどの後、それが育って伐り頃《ごろ》になっても、今度は外材が安く輸入されるし、日本の人件費が高くなっているから、枝打ち、間伐などの手入れをしても引き合わない、ということになった。

その結果、と、話はずれるが、人工植林のスギ林、ヒノキ林の枝が繁茂して真っ暗になり、下生えのカンアオイが駄目になって、それを食草とするギフチョウが激減した。

ところが、「ギフチョウ激減の原因は、マニアの乱獲」と新聞に書かれたりして、採集禁止の場所ばかりが増えるわけである。そのうちに鹿が増え、下草を食べ尽くす。猟師は歳《とし》を取って、重い鉄砲を持って山を歩くのがつらくなる。まさか狼《おおかみ》を放すわけにもいかず……と、話はどんどんずれるが、世の中はいろいろつながっている。

それはさておき、受け継いだ資産を、為さんは、はじめ、わりあい豪勢に使ったようである。京都御所のすぐそばに、大きな庭のある屋敷を構えていた。

小学二年生の夏、私はその家で過ごしたことがあった。二、三日のことだったか、もっと長くだったか、それも忘れた。とにかく、同志社に行っていたいとこの吉《きっ》ちゃんに連れられて、御所で蟬《せみ》捕りをしたのを覚えている。戦後間もない頃、御所の中の出入りは比較的自由だったのではないか。草ぼうぼうのところなどもあって、私は足の甲をブユに咬《か》まれ、水ぶくれがしばらく残って痒《かゆ》くてたまらなかった。

御所の建物のまわりに細い溝があって水が流れていた。そこにすばしっこい小魚がいたのだが、今はどうなっているか、一度たしかめに行きたいと思うのだが、何十年もの間、ときどきそんなことをふっと考えるだけで、わざわざ新幹線に乗って確認に行くほどのことではなし、まだ果たしていない。

ある日、その家で、縁側にひとりでいると、庭の木にアブラゼミが飛んできて鳴き始めた。

蟬暑し松伐らばやと思ふまで

と幕末、尾張藩の重臣であった、『鶉衣《うずらごろも》』の著者の、横井也有《よこいやゆう》なら詠むところだが、虫捕り小僧の私は、捕ることだけしか頭にない。

母は出かけていたのだと思う。吉ちゃんがいたら捕ってもらうところだが、あいにく留守だった。蟬捕り網は、外壁に立てかけてある。細長いひょろひょろするような竹竿《たけざお》に、口径の小さい袋を取りつけたいわゆる地獄網である。

木の梢《こずえ》にとまって夢中で鳴いている蟬に、これを下側から近づけ、ぱっとかぶせる。木は円柱であるから、網の口径が大きいと、かぶせた隙間から蟬は逃げてしまうけれど、これは口径が小さいから、木との間に隙間がないのである。だから蟬にとっては逃れようのない地獄のような網というわけで、かくは名づけられたのであろう。

慣れてくればこれを使って、それこそ面白いように蟬が捕れた。下側から網を近づけただけで、蟬が自分から中に飛び込んでくるように見える。

もともと蟬は体の大きいわりに翅《はね》の小さい、飛び方の下手な昆虫である。それが木の幹から、助走も何もなしにぱっと飛び立とうとすると、体の重みで、飛んだ瞬間に一度後ろに少し落下することになる。それで網の中に自分から飛び込むように見えるのであろう。

下駄《げた》を突っかけ、マツの木で鳴きつづけているその蟬を捕ってやろうと私が行動を起こした途端、座敷の暗いところで寝ていたお爺《じい》さんが、低い声で「怒られるぞ」と言った。まるで地獄の底から響くような声であった。私はギクリとして、全身の汗が一時に引くような気がした。祖父は、幼い孫の行動をうるさいと思っていたのであろうか。

母方の祖父と私との接触はたったこれだけである。その次にこの人のことを聞いたのは、しばらくあと、私が五年生のときのことである。祖父が死に、母が葬式に行った。

その直前、祖父が危篤だというので、母が見舞いに行ったら、「見たことある人やなあ」と祖父が言ったというので、母が情けながって、その言葉を繰り返していた。

葬式のときに、私にとっては嬉《うれ》しいことがあった。それは、いとこの三郎さんという人が、昆虫の標本をたくさんくれたことである。

いとこのタイスケ君に夏休み昆虫採集の成果を見せられてから一年ほど、自分のコレクションも増えてきた頃であった。私にはこのあと、兄貴の北海道の採集品も加わることになる。

夜遅く母が持ち帰った大きなふろしき包みから、標本箱が五箱出てきた。それは、三郎さんが、昔、近所の山で捕ったという甲虫の類で、ノコギリクワガタが多かったのだが、中に一匹、巨大なヒラタクワガタがあった。三郎さんの子供のときの標本であるから、そのヒラタクワガタには、青い硝子《ガラス》の頭のついたマチ針が刺してあった。それとコカブトムシが一匹。巨大ヒラタクワガタと、珍種コカブトムシは長い間私の宝物であった。今も私のコレクションの中に残っているはずである。

三郎さんは、為さんの息子で、あまり歳《とし》の違わぬ吉ちゃんとは腹違いだとかいうことだが、母はその間の事情についてはあまり多くは語らなかった。

三郎さんも同志社の学生で、蝶《ちょう》の本格的な採集家である。私としてはこの人と血のつながっているとがなんとなく嬉しく、自分と同じ左利きであることまで頼もしい気がした。

何しろ、昭和三十年代の、あの、旅行が不自由な時代に、日本産の蝶のほとんどの種を採集していたのである。北海道や日本アルプス産の大型美麗種で、当時の最高の図鑑、横山光夫の『原色日本蝶類図鑑』に、「我が国に産する高山蝶の最も優美な種として蒐集家垂涎《しゅうしゅうかすいぜん》のものである」と書かれているオオイチモンジまで、自分で捕って持っていたのである。

あの頃のコレクションは、たいてい自分の網で捕ったものであった。というのも、妙な金銭蔑視の観念があって、昆虫標本の売買を嫌う人が多かったからである。

コレクターの中には、自分はどんどん買っているくせに、売ることは非難するという、矛盾したことを平気で言う人もいた。新聞はもちろん、業者を差別的に扱うこと、マニアと同列であった。その乱獲するマニアも、歳を取って、標本を学校などに寄付すると、「三十年の汗の結晶、一堂に」などの見出しで、美談の主となる。学校の理科室に、防虫剤も補充することなく、陽《ひ》に晒《さら》しておけば、一年あまりの間に、蝶などの翅は真っ白に退色してしまい、標本虫《ひょうほんむし》の餌食となる。

当時の外国産蝶の大コレクターとしては、癌《がん》研究所所長の中原和郎《わろう》、『原色千種昆虫図譜』の著者で標本商の平山修次郎、そしてフランス人版画家のポール・ジャクレーあたりが有名であった。

それらの標本は、たいていは、戦前に、ドイツの標本商、シュタウディンガー・バングハース商会やフランスのル・ムールト商会などから手に入れたものだったと思われる。戦前は、田中龍三といったか、田んぼを売って、ニューギニア産の世界最大の蝶、アレクサンドラトリバネアゲハを買ったなどという人の名も聞いている。

戦後、外貨は貴重で、昆虫の標本を買うために、外国為替を組むなどということは許されなかった。

ただし、ポール・ジャクレーの場合は別で、彼の版画作品は進駐軍のアメリカ人によく売れ、米ドルが手に入ったようである。

ポール・ジャクレーの父は、同じポール・ジャクレーといい、祖父はパリ大学の総長だったという。息子がバスク人の娘と結婚したので怒って、日本に「島流し」にした。ところが息子のほうでは、日本が意外に気に入って、外語でフランス語を教えたりしながら、そのまま住み着いてしまった。そのときの外語の生徒の中に、大杉栄がいて、ジャクレーのことを、「いい先生だった、自分は熱心に授業を聴いた」と自伝に書いている。

だから、息子のポール・ジャクレーは日本育ちで、高師の付属を出ている。日本語は、もちろん訛《なま》りなぞなく完璧。ただし、「ああら、そうなのよゥ」という具合に、今の、いわゆる〝オネエ言葉〟だったそうである。その上、着物を着て三味線を弾くというのだから、それこそ変な外人である。

ジャクレーの作品は、今も大切にされ、日本にも残っているが、彼の美意識が那辺にあったかは、一見して知れよう。満州人の少年や、南洋の少年にトリバネアゲハをあしらった作品は、色っぽく清潔なのである。

彼が蒐集した蝶や蛾《が》を標本簞笥《だんす》から取り出して見せてくれるときの手つきは、女の人が自分の着物を取り出して人に見せるときのそれであった、と話に聞いている。

そのコレクション由来の旧満州の蝶を、私もほんの少し持っている。それは、横浜国大の古生物学の教授であった鹿間時夫《しかまときお》先生からゆずり受けたものだが、先生が、彼のコレクションに見入っていると、ジャクレーの手がお尻に伸びてくる。

「大分くすぐったい思いをされましたね」

と、鹿間コレクションを見ながら、私が言うと、

「くすぐったかったよう！」
と鹿間教授も噴き出すのであった。

祖父の死後、祖母が、大阪の家に来てしばらく暮らすようになった。明治初期の生まれであろう。私が小学五、六年生の頃、八十六歳だということで、その頃、八十六歳の人は稀《まれ》であった。

伊勢の、父方の祖母らが皆大柄であったのに反して、京都のお婆《ばあ》さんは、小学生の私から見ても、ずいぶん小さい人という印象であった。

ラフカディオ・ハーンが日本に来て、日本人の小造りなことに驚いているが、今の我々が明治初年の東京の町を歩くと、同じ感想を抱くのであろう。

四国の愛媛に内子座《うちこざ》という、昔の歌舞伎座が、当時のままに保存されている。そこの、四人で座る枡席《ますせき》の小さいこと。こんなところに四人がどうやって座るのか不思議でさえあった。恐らく当時の婦人は四尺そこそこだったのだろう。そしてきちんと、何時間でも正座できたのにちがいない。

京都のお婆さんは、何にでも好奇心を示す人で、その当時盛んだった、プロレスのテレビ中継を、それこそ目を丸くして観《み》て、しきりに質問する。文化的なショックのようであった。食べることに関しては極めて小食で、しかも何かを勧めても、「わしゃ、もう、たーくさんや！」と、耳が遠いこともあって、大きな声で遠慮するのであった。

私などが、戸棚の菓子を漁《あさ》ったりしていると、「なんぞ利口なものはないかえ」と言ってくれる。それに私が何か返事すると、「そうくわ」と、「か」の音が、旧仮名遣いなので、その言葉遣い、発音に、生ける歴史とでもいうべきものを感じた。九十六歳で亡くなったが、当時としては大変な長寿ということになるだろうと思う。

母の生前、聞き書きをしたメモが出てきた。それを見ると、母、片山シヲの里は、京都の高雄から、清滝川の上流方向、千本今出川からだと五、六里歩いた大森村というところ。明治四十三年の生まれである。

「雪がよう降った」

と言う。小学四年生まで、大森村の分校に、ゴム靴を履いて通った。五年、六年生になると、小野という村の学校に通う。そこは小野篁《おののたかむら》ゆかりの村で、そのあたりの中心であった。役場はここにあり、大森から小野までは一里。その小野からまた一里行くと、北山杉と称される材木で栄えた中川村だった。そこに川端康成の『山の音』の碑が立っている。

大森村は山地で、田畑も少しあった。周山村までは山を越えていく。兄為次郎は、周山村の銀行（須知銀行）から、山林を抵当に金を借りたかして、財産を大方取られた。だから、姉妹のコミナ、マツは為さんをぼろくそに言うのだった。

母の家は、大森村の庄屋、片山総左衛門の分家で、母の祖父は儀左衛門と言った。この祖父は早世したが、その妻、つまり母の祖母は八十四歳まで生きている。

その次の世代は、由太郎《よしたろう》（八十四歳没）とヒサで、このおヒサ婆さんが九十六歳まで生きた、母の母、すなわち私の祖母ということになる。

ヒサの里は、東ノ町といい、大森村の近くで、夜は鹿が人家付近に出没して、「カイノー」といい声で鳴いたそうである。猪も狐もいた。春は桜、秋は紅葉の名所で、狩猟地として有名であった。母シヲが小さいとき、

「北白川宮《きたしらかわのみや》やったかいなあ、宮さんが」

狩りに来られたという。

由太郎とヒサ、ふたりの間に、七人の子供があり、年の順に、
スマ（九十）

コミナ（九十）
為次郎（七十七）
伊之助（九十）
ミツ（七十七）
シヲ
マツ

となる。カッコ内は没年であるが、この聞き書きをした時点で、最後のふたりは生存しており、当然、それが記入されていない。母は、九十一だった。「まっちゃん」と呼ばれていた末の叔母さんも長寿だったはずだ。なんだかみんな、やたらと長生きなのである。

ギンヤンマ　11

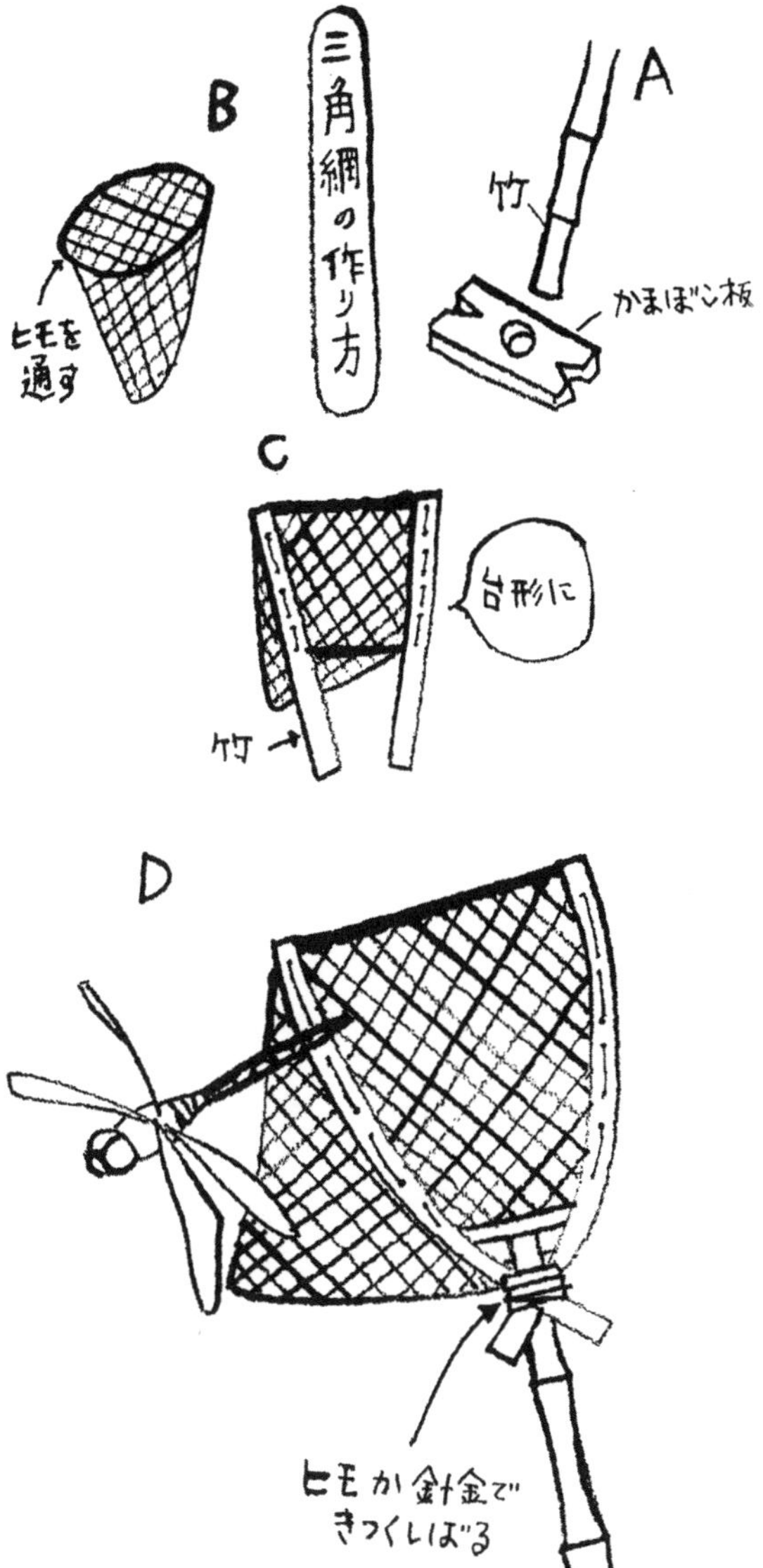
三角網の作り方
A
竹
かまぼこ板
B
ヒモを通す
C
台形に
竹
D
ヒモか針金できつくしばる

自分の人生全体を通じて、あれが幸せの絶頂であった、と今にして思うのは、私の場合、小学二年生の夏に、ギンヤンマを捕ったあの瞬間だった。

うちの裏の木戸を開けると、細い小川が流れ、木製の橋が渡してあって、その向こうは見渡す限りの水田であった。ところどころ濃紺と緑の雑《ま》ざった、もんぺか何かの、四角い切れ端を貼りつけたように見えるのは水茄子《みずなす》の畑であったり、何列かの細い竹のようなものが立ち並んでいるのは甘蔗《かんしょ》畑であったりしたけれど、遙《はる》か彼方《かなた》の、要さんという、昔の庄屋の大きな農家まで、ほとんどは水田地帯であった。

その田んぼの一枚につき一匹、大きな蜻蛉《とんぼ》が飛んでいる。腰の部分はエナメルを塗ったような鮮やかな青、長い尻尾は焦げ茶で、碧《みどり》の眼《め》がこっちをじっと見ている。ギンヤンマの雄がパトロール飛行をしているのだ。幼稚園の頃、その勇姿を初めて見た私は、言い知れぬ衝撃を受けた。

あとになって、フランス語の時間にcoup de foudre（クー・ド・フードル）という言葉を習った。日本語では「ひと目惚《めぼ》れ」と訳すけれど、「ひと目惚れ」どころではない。foudreは雷《いかずち》であるから、もっと強い、まさに雷に撃たれたような衝撃である。

と、こんなふうにいくら私がギンヤンマの美しさを表現しようと思っても、そんなものをなんとも思わない人には通じるまい。ただの虫なのである。

いろいろな人が、いろいろ変わったものを好きになるわけだが、何を好きになるかは、「生物の序列によって決まるのではなく、愛好者の選択と立場による」と、ドイツの作家で思想家のエルンスト・ユンガーは述べている。つまり、

……束の間の現象の海の中で、まさにここで波が光を反射してきらめいたのである。そしてまさにこれが宇宙の豪奢《ごうしゃ》を覗《のぞ》き見る小さな窓なのである。

（『小さな狩』山本尤訳）

雄のギンヤンマは、あたかもその田んぼが自分の領土ででもあるかのように、昼間は何時間でも、水の上を悠々と巡回している。田んぼの、遠い向こうの端まで行ってまたこっちに戻ってくる。ときどき、腰の青エナメルがピカリと光る。まったく疲れというものを知らないかのようである。

本当にこのギンヤンマが昼間、水辺の植物にとまって休んでいるところなぞ見たことがない。

田んぼの畦《あぜ》には、シオカラトンボやイトトンボ、稀《まれ》にハラビロトンボや真っ赤なショウジョウトンボなどがとまっていたし、溜《た》め池《いけ》まで行けば、水際にコフキトンボやコシアキトンボがいて、水面に張り出した木の枝の、いつも同じところに、ウチワヤンマが、いつも同じ姿勢でとまっていた。

溜め池の土手の、わずかにこんもりと生えている、というより伐《き》り残された灌木《かんぼく》を見上げると、藍瓶《あいがめ》から取り出されたような濃い青紫のチョウトンボがたくさん、ゴクラク世界の夢で見る蜻蛉《とんぼ》のようにピラピラと翅《はね》をひらめかせて木の上を飛んだり、とまったりしていたが、ギンヤンマは決してそういうことはしなかった。

蜻蛉の貴族は、畦道や小溝にうろうろしている小型の蜻蛉なぞ、それこそ歯牙《しが》にもかけず、田んぼの水面を支配していた。

神話中の生き物のような存在感。そしてあのエネルギーはいったいどこから湧いてくるのか、考えてみれば本当に不思議である。海鳥のように、気流に乗るわけではない。滑空もすることはするけれど、ほとんどは羽搏《はばた》き飛行なのである。

そうやって飛行しながら、ときどき上下に体を揺さぶるように不規則な動きをする。はっきりとは見えないけれど、ようやく伸び始めた稲の間から飛び出してくる、ウンカやメイガなどの小さな虫を捕まえて食べているらしい。

稲の害虫だけではない、その頃は、蠅《はえ》も蚊も多かったから、強い棘《とげ》の生えた六本の肢《あし》でしっかりと捕まえ、大顎の牙でむしゃむしゃ、もりもりと、獲物の虫の体をちぎるように、見る間に平らげてしまうのである。


幼稚園、小学一年と、私は、悠然と飛ぶギンヤンマの姿を、ただ指をくわえて眺めているばかりであった。


虫の英雄と渡り合うには、近所の駄菓子屋で売っている丸い子供用の網では無理で、歳上の子供たちは「三角網」というのを使っていた。

(駄菓子屋で想《おも》い出したが、私の家から一番近い、子供相手のそういう何でも屋のそばに大きな石碑が立っていて、「橋本正高戦没之地」と彫ってあった。大きな墓ぐらいの敷地が鉄柵で囲われて、人が立ち入らないようになっていた。橋本正高とは誰か——『貝塚市史』という本を見ると、南朝方の楠木正成《くすのきまさしげ》に加勢した土豪のようである。それにしても、今は何事もないこんなところで、戦闘があったのか。このあたりの歴史については、知らないことばかりである)

「三角網」の起源についても私は知らない。誰も説明してくれなかったし、昔から子供たちが使ってきた遊び道具なのであろうと推測する。多分、カワエビやモロコなどを掬《すく》うための川魚漁の網を小型化したものだと思う。宮内庁の鴨場《かもば》で大きなのを使っている写真を見たことがあるから、鳥の猟にも使うのであろう。

小学校上級の子供たちは、それを自作するか、器用な大人に作ってもらっていたようである。構造を説明すると、カマボコ板ぐらいの木の板の両端に切れ込みを入れ、真ん中に丸い穴をあけて竹の棒の先を差す。一方、浅い袋状の網に紐《ひも》を通し、二本の細い竹の板に錐《きり》でいくつか穴をあけて、この竹の板の間の、先から三分の二ぐらいのところに固定する。

そうして用意した竹板つきの網を、逆台形になるように、件《くだん》のカマボコ板の切れ込みにかませ、竹の棒に紐でしっかりと括《くく》りつけるのである。

と、こんな説明では見たことのない人にはどんなものかわかるまい。図を描いてもらうことにする（扉絵）。

この網の目が粗いと風切りがよく、振りやすい。網の材料も、軽い糸でできたものが使いやすいのである。糸が太いと、重いし、でれでれして、扱いにくくなる。ふうわりと軽く、しかも、ギンヤンマに負けないスピードで振り切ることができなければならない。柄もふくめて網全体のバランスのよいのがギンヤンマと戦うための名刀なのであった。

さっき言った子供用のトンボ玉や、デパートで売っているような、ハイカラで軟弱な捕虫網は失格である。

さて、天気のいい日に、その網を持って田んぼに行くと、ギンヤンマが飛んでいる。捕ってやろうと網を構えると、敵はその気配を感じ取ってか、めったに網の射程内に入ってこない。田んぼの縁を回りながら、こっちに来るのだが、そのときに人間の目をじっと見るのである。時には、目の前で、馬鹿にしたようにホヴァリング飛行までする。竿《さお》の長さが足りないことはわかっているけれど、こらえ切れずに網を振ったりすると、ひょいと身を躱《かわ》される。その様は、あたかも武道の達人が、間合いを取り、相手の動きを見切って、余裕綽々《しゃくしゃく》であしらうようである。

私は、父の工場の大工さんに三角網を作ってもらった。ところが、切り出したばかりの青竹で、頑丈に作ってくれたその網が重いのである。えいと振ると、ふらっと、小学二年生の、細っこい小さな体の軸がふらつくような重さである。

それでも、七月のある暑い日、私はその重すぎる武器を持って、うちの裏の田んぼにひとり出陣した。向こうのほうに、三人連れが、やはりそれぞれ網を持ってギンヤンマを捕りに来ていた。遠くの子らしい、知らない顔である。と思ったら、そのうちのひとりは、以前、小学校の同じ学級にいた植松周作ではないか。引っ越しをし、転校したのだが、友達の手前か、私を見ても知らぬ顔をしている。

「あんなおっきな網持ってよう、欲どうしい。よう振るんかい」と彼らが笑っている声が、田んぼの水面を渡って、聞こえてくる。植松も一緒になって笑っている様子。一学期の、夏になるちょっと前まで、一緒に学校から帰りしな、小さな汚い溝に透明な小エビがいることを教えてくれたのに、今は他人のふりか。と思ったが、私もあえて声はかけない。やつにも事情はあるだろう。違う学校の生徒とは、口なんか利かないものなのだ。

と、そのとき、めったにないことだが、雌のギンヤンマが単独で飛んできた。田んぼにいた雄が、それを見逃すはずはない。たちまちグーンと高度を上げ、雌に躍りかかった。二匹はじゃらじゃらと羽音を立てて、絡まったまま落下した。そしてすぐ体勢を立て直し、尾つながりになって、いったん上昇し、私のほうに一直線に飛んでくるではないか。

私は、無我夢中で、重い三角網を横に薙《な》ぎ払い、地面に伏せた。乾坤一擲《けんこんいってき》とはこういうときに使う言葉であろう。入った！　二匹のヤンマは、結婚飛行を妨害されて、私の網の中で暴れている。

私は震える手で大事な雌をまず取り押さえ、翅《はね》を指の間に挟んだ。

向こうにいた連中が走り寄ってきた。

「うまいのう！」

と、さっき私のことをせせら笑っていたやつが、お世辞まで言っている。ふん、と思ったが、私は雄のほうを網から取り出すと、鷹揚《おうよう》に「これ、やる」と言った。小さい私がふんぞり返っていたのではないかと思う。少なくとも精神的には。雌さえあれば、それを囮《おとり》に蜻蛉釣りをすることによって、雄はいくらでも捕れるからである。

意気揚々と帰ってくると、その頃うちにいた、母の姉の島田のおばちゃんに戦果を報告し、ひとしきり称賛を聞き流してから、奥の座敷に行った。その部屋の障子を開けると、廊下があり、庭に面して硝子戸《ガラスど》がある。

その両方を閉め切った硝子戸の中の細長い、狭い空間で、まずこの雌のギンヤンマをしばらく飛ばしてみようと考えたのである。

さあ、どうだ、と手を放すと、ヤンマは、硝子戸に軽くぶつかりながら、上へ上へと昇っていった。その瞬間、はっと気がついた。一番上の、欄間風の小さい引き戸が開いている！

もうそのときは遅かった。それに第一、そんな高いところには、踏み台を持ってきても手が届かない。雌のギンヤンマはそのますうーっと外に出ていった。

へなへなと力が抜けるような気がした。泣いても、笑っても間に合わない。覆水盆に返らず。その後の人生で、生まれつきの軽率さゆえに、似たような失敗を私は繰り返したけれど、考えてみればこれがその第一号であったことになる。栄光のあとの挫折とでもいえようか。

島田のおばちゃんに私はもう一回、蜻蛉捕りに行くと言った。おばちゃんは、昼寝をせよと言う。私は、それどころではない、男子の本懐をあらためて遂げなければならぬ、と言葉を知っていれば言ったであろうが、泣いてわめいて我を通した。

もう午後の三時頃になっていた。あんまり遅くなると、それに曇り空になると、ギンヤンマは少なくなる。おばちゃんと私は、いつものテリトリーを越えて、遙か遠くの農業高校まで遠征をした。そして、校庭にある実習場の四角いコンクリートの蓮池《はすいけ》で、ギンヤンマのつがいを発見した。雄の腰が青、雌は緑で、二匹の色彩が見事に調和して輝いている。水面の植物にとまって産卵しているそのつがいに、息を殺し、そろり、そろりと近づいて、私は、思い切って三角網をかぶせた。赤い蓮の花もろとも、「ざぶりっ」と、であった。

12 病気の発端

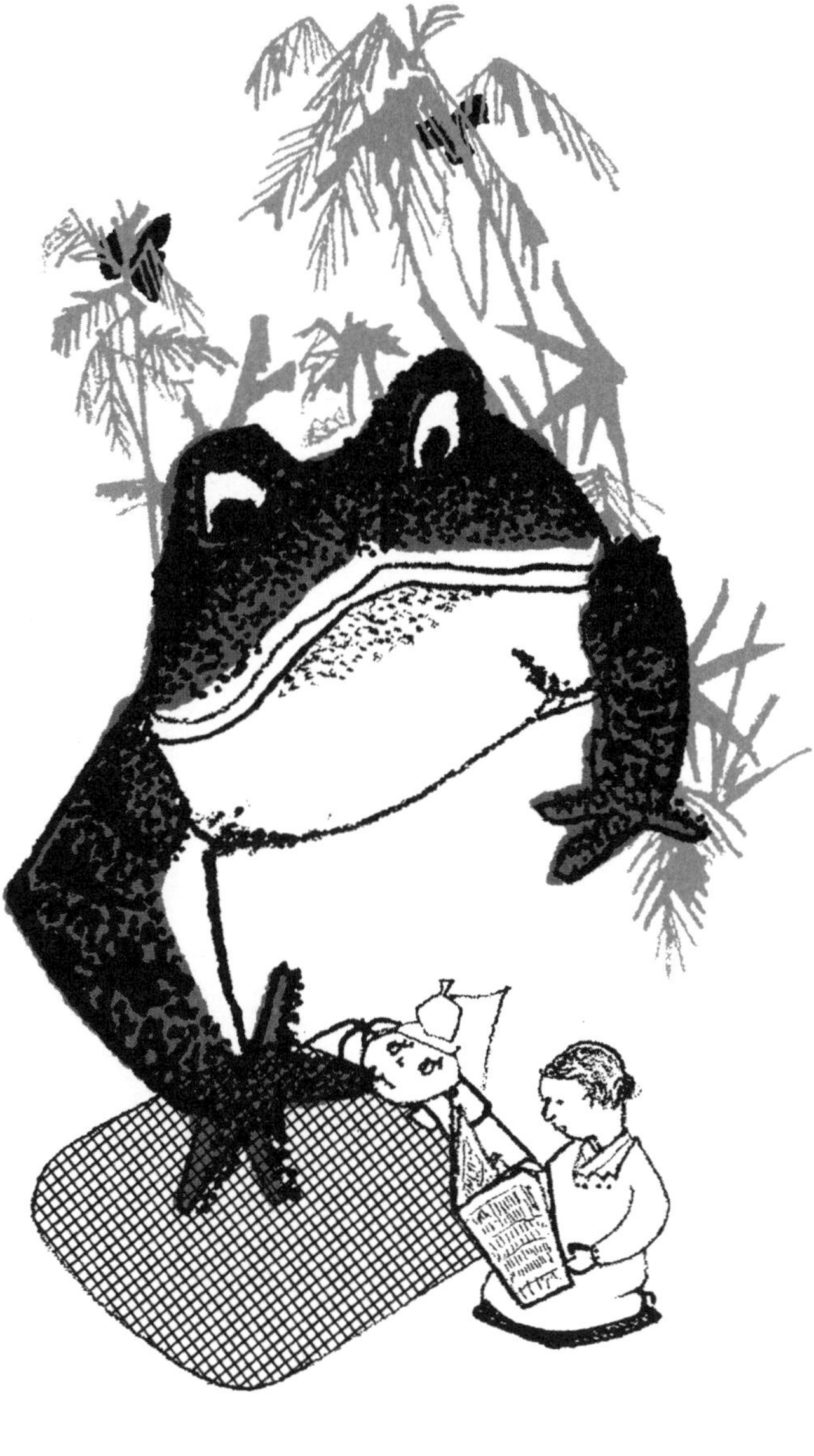

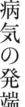

小学二年生のある天気のよい初夏の午後のことであった。その日は土曜日で、学校から早く帰ってきた私は、うちを改造してできたばかりの応接間で、講談社の絵本を眺めていた。それは、幼稚園の頃のクリスマスプレゼントとしてもらったもので、十数冊が揃《そろ》って手文庫に入っていた。

『けものづくし』『魚づくし』『虫づくし』という書名の、日本画家の手になるきれいな絵の入った、幼児のための一種の図鑑なのだが、紙が、その当時としては珍しい、薄手でつるつるの上質紙で、特別な感じがした（後にそのシリーズの紙が厚手の、光沢のないものに変わったときは、いかにも残念であった）。

画家のひとりは、西沢笛畝《てきほ》といった。上品な淡い彩色の絵で、魚は生きて水の中で泳いでいる様が描かれており、今でいえば生態図鑑ということになるだろうが、画家は、そんなことまで考えていなかったかもしれない。単に日本画の流儀で側面から描いたのだと思う。虫は、カブトムシが、角にかけた糸で、マッチ箱だかなんだかを牽《ひ》いていた場面があった。そしてギンヤンマの群れが斜め上からの視点で描かれていた。

『虫づくし』の文章は、後に子供用の『ファーブル昆虫記』を書いた、古川晴男《はるお》であった。古川先生は、後の東京学芸大学の教授で、岩波写真文庫の『昆虫』の監修者でもある。岩波文庫の『昆虫記』の虫の名称も、「虫の名は、古川晴男君の手をわずらわせた」と、訳者によって簡単に記されている。古川先生も当時まだ助手か大学院生ぐらいだったのだろう。後にこの部分を読んだ私は、フランスの虫の名で、古川先生はさぞや苦労しただろうな、と思った。『けものづくし』の解説は、上野動物園の古賀忠道《ただみち》。この名前は、大島正満《まさみつ》という名とともに、動物好きの子供の憧れの名であった。

これらの本を、私は何度めくって見たことだろうか。今のように、月単位、あるいは週単位で、次々に本が出る時代ではない。同じ本を繰り返し読むのが普通で、それがまたよかったように思う。時間をかけて念入りに造った本を何度も読み、それが記憶に深く刻み込まれた。

そういえば、小学一年生のときのクリスマスプレゼントには、たくさんの本をもらった。ポプラ社と偕成社のひとつは伝記、もうひとつは、世界文学のシリーズで、長い間かかって私は、それらの幾冊かを読んだ。伝記では「森鷗外」「ガンジー」「ファーブル」が印象に残っている。いずれも多分に、聖者伝風になっていたようだが、鷗外の早熟な優等生ぶりに、「とてもこんな真似《まね》はできない」と思ったし、ガンジーは、なぜか繰り返し読んだのだが、アンタッチャブル階級の人々に対する差別をなくそうと、ガンジーが自分でお丸を洗うところを読んで、この真似が僕にできるだろうか、とずっと考えつづけた。

というのは、小学一年生の夏、病院に入れられて、明るい部屋で、ベッドの上にお丸をぽんと置き、そこで排便するよう、島田のおばちゃんに言われて、難儀をした経験があったからである。

おばちゃんとしては、病院の便所が汚いので、配慮してくれたつもりだったのである。その頃の粗末なブリキのお丸に新聞紙を敷いてあった情景がいまだに目に残っている。

露木陽子という人の書いたファーブル伝に関しては、なんで虫のことをもっと出してくれないのか、もどかしい思いをした。

世界文学では『隊長ブーリバ』の最後の場面が、怖くてたまらなかった。ブーリバが捕らえられ、火刑に処せられるのである。煙の奥から、不敵なふくみ笑いが聞こえる、という終わり方で、その頃よくあった停電のとき、ロウソクの火を指先で触ってその熱さを試してみては、「あちっ!」と火刑の恐怖を感じるのであった。

後にジャンヌ・ダルクの映画を観ても、なんと恐ろしい……とその場面が目に焼きついて困る。映画というものには、残酷場面があるから気が進まなかったけれど、終わって暗い大きな室内が明るくなるとほっとする。しかし、そのうちに上映の合図のジーンというベルが、また鳴り響くのだった。

家の中や工場の敷地でのかくれんぼは楽しかった。その途中でおしっこがしたくなると、早く仲間のところに戻りたくて、いい加減に切り上げて走っていった。吊《つ》りズボンの中で、腿《もも》の上に、残留のおしっこがたらたらと温かく流れた。

じっとひとり、物陰に隠れていると、いろいろなことを考える。今度はうんこがしたくなった。そして、なんで、自分だけが、痛いとか、うんこがしたいとか、実際に感じるのだろうと、不思議に思うのだった。他人の痛みはなんにも感じないのに。そうすると、自分がいなくなったら、この世界はどうなるのだろう……。

初夏のことであった。天気がよく、気持ちのいい日で、ラジオからは、『ひるのいこい——農家のみなさんへ』という番組のゆっくり、のんびりした音楽が流れていた（してみると、その頃はまだ、日本も、農業人口が多かったのだろう。昭和二十六年頃のはずである）。

そのときふと「こんな、なんの悩みもない、幸せな時間が、いつまでも続くはずがない」という気がした。

はたして、その予感は的中し、年が明けた冬の寒い頃、私は、左の脚が痛くて歩けなくなった。小学一年生の夏に市立病院に入院して、治療らしい治療はしてもらえずに終わった結核性の病気が進行したのである。

今なら検査をして、結核性の病気であることがすぐわかるから、抗生剤投与ということになるのだろうが、検査というようなこともしなかった。体が強ければ自然治癒があり得たかもしれなかったが、私の場合はそうではない。

結核菌が増殖し、骨を嚙《か》んだのだろう、病状は進行して、痛くて歩くどころではなくなった。壁伝いにやっと便所に行く以外は、応接間のソファに座ったきり。

これから先歳《とし》を取って、いずれまたこのときと同じ歩行状態に陥るかもしれないわけだけれど、こういうときは、洋式のソファに座っているのが便利であると考えている。畳の上に敷いた布団に平たく寝てしまうと、何か摑《つか》まるところでもないと、いちいち起き上がるのが大変だし、もう一度また寝るのも面倒なのである。

しかし、間もなく、起き上がることもかなわなくなって、次には、二階の離れに敷いた布団に寝たきりになった。

毎日、毎晩、高熱が続き、赤や青の薄いウエファースのような円盤が眼前を舞い飛び、飛び去る。そうかと思うと、口の両端に人差し指を突っ込んで「イー」をしたり、顰《しか》め面《つら》をしたりする男の顔が、目まぐるしく、入れ替わり立ち替わり出現する夢に魘《うな》されるのだった。

後に、このときのことを母が想《おも》い出してよく言うのだった。

お前があんまり痛がるんで、

「お父さん、この子はもうあかんかもしれませんな……」

て私が言うたら、

「そんなことあるか。なんとしてでも救わないかん！」

て、言わはったわ。

他所《よそ》の人が聞いたら、まるで漫才みたいだが、私としては、そう簡単に諦めてもうたら困るで。というところ。母はとにかく、苦しがる私が見ていられなかったのであろう。

そんな状態が何日くらい続いたのかわからない。ある日、気がついたら、二階から一階の奥の座敷に移されていた。

すっかり衰弱して、依然熱っぽいけれども、それでも、なんとなくさっぱりしたような気分で寝ていた。この部屋は、それから何年もの間、私の病室となる。

それまでにストレプトマイシンの投与があったのか、夕暮れが迫ると、決まって微熱が出るだけで、もはや四十度というような高熱は発しなかったようである。こんな抗生剤がなければ、体力のない子供であるから、恐らく、あの高熱の期間に、意識不明のまま死んでいたのであろう。

目が覚めて「今何時頃かなあ、明るいから朝か」とぼんやり思っていると、枕上《まくらがみ》の襖《ふすま》が開いて、「起きたんか」と母が入ってきた。お盆に水の入ったコップと新聞が載っていた。「産業経済新聞」に、山川惣治《やまかわそうじ》の絵物語『少年ケニヤ』の連載が始まったと言って、母はそのままそこに座って朗読してくれ、私は夢中になってそれに聞き入った。そのときの母の読み方のくせが忘れられない。

山川惣治の絵物語は、それ以前の『少年王者』でおなじみである。今でいえば劇画に物語の文章がついているという形式で、新聞連載の『少年ケニヤ』では毎回三コマの絵がつき、最後は決まって、主人公の日本人少年ワタルと、ケニヤのマサイの長老ゼガに危難が迫り、「次回に続く」、となっているのであった。

たしか、はじめは週一回の連載だったのが、人気が出て、毎日掲載、となったように思う。地底世界からティラノザウルスがワタルたちを追ってくるあたりでは、ついに、新聞に、カラーの別冊付録さえついたように記憶している。

母が枕元で私に読んでくれたのは、ちょうどゼガが、熱病のために倒れて、何日間もひとり岩陰に寝たままになっており、偶然そこに来合わせた日本人の少年ワタルに、「特効薬の赤い木の実を取ってきてくれんか」と頼むところである。普通なら、ワタル少年の気持ちになるところだが、私は、熱病のゼガの気分で母の朗読に聞き入った。

ゼガはワタルに、いったんは、そのことを頼むが、思い直して、

「いや、あそこはあぶない。わしは年寄りじゃ、もう死んでもよい。頼むまい」

と頼みを撤回する。その木の生えている水辺には、巨大な怪物がいるのである。するとワタルはこう言う。

「僕、きっとしてあげるよ。僕は日本人の子だもの、勇気はあるよ」

「なに、日本人!! そうか、日本人はみんな親切で原住民たちとも正直につきあってくれる。

それなら勇気があるじゃろう。まず、あの槍《やり》を持っておいで」老人は目を輝かせました。

ゼガはそう言って、穂先の長いマサイの槍を持たせてくれた。その恐ろしい怪物とは、人間より遙《はる》かに大きいカエルなのである。カエルの嫌いな私は、水の中からそいつが、前肢《まえあし》と無気味な頭部を現した絵を見て、心底ぞーっとした。

それにしても、日本人の子のワタルがなぜ、アフリカのケニヤにいたのか。時代は、昭和十六年十一月。ワタルは貿易商の父に連れられて、アフリカのケニヤまで来たのだが、第二次世界大戦勃発の報に接することになる。敵国となった英国の官憲に捕まるまいと、父と子は奥地に逃れる。そこで、暴走する巨大なクロサイの角に摑まったまま、ワタルは、この異境で父とはぐれてしまったのである。

不運の積み重ねで、すぐ近くにいるのに、もう少しのところで会えないでいる……このあたりの設定は、その二年ほど前に「おもしろブック」に連載されていた『少年王者』と同じであり、たびたびのすれ違いで、読者にもどかしい思いをさせるところは、同じ頃のラジオドラマ『君の名は』とちょっと似ている。

アフリカ奥地に住むマサイの長老ゼガが、日本人のことを知っていて、特別な評価をしてくれる、というようなことは、まあ、あり得ないけれど、作者の山川惣治は、「敗戦国民として生まれたその頃の子供」を勇気づけたいと思っていたそうである。そしてそこに、ハリウッド映画や小説の『ターザン』、『キングコング』、コナン・ドイルの『ロスト・ワールド』など、アフリカ・南米情報をなんでも投入したのである。アメリカの写真雑誌『ライフ』や『ナショナルジオグラフィック』の写真や記事も大いに参考になったにちがいない。

もちろん、変だと言い出せば、変なところはいっぱいある。ゼガとワタルがはじめから、意思疎通の上でなんの不自由もないのだって、「そんなはずはない」。しかし、そんなことは全部どうでもいいのだ。

ただ今度は、舞台が、同じアフリカでも違っている。『少年王者』のときはコンゴの密林で、ゴリラに育てられるのであったが、『少年ケニヤ』は、その題名通り、東アフリカのケニヤで物語が展開するのである。

それまで日本で有名なアフリカの地名といえば、「ベルギー領コンゴ」であった。なぜか欧米の冒険家の書いた「猛獣狩り」の舞台はそこだったからである。

それなのに、「ケニヤ」という地名が日本でその頃知られるようになったのはちょうど、『アフリカの猛獣狩』という本が評判になっていたからでもある。その著者は、上野動物園の飼育課長、林寿郎《じゅろう》という人で、実際にケニヤの動物商ハートレイ氏のもとに動物の買いつけに行き、その次第を件《くだん》の本に書いていたのである。それゆえのケニヤブームというところか。もっとも山川には、そのずっと以前に、『ケニヤの黒獅子《くろじし》』という作品がある。

昭和二十六年頃、日本の動物園でも、いつまでも大型動物の檻《おり》が空では子供たちが可哀想《かわいそう》、というような議論が起き始めたのであろう。

戦争中は、空襲の際に猛獣が檻から逃げ出したら大変だと言い出したり、実際に肉食獣に食わせる肉や、大型草食獣の飼料が手に入りにくくなったこともあって、動物たちを毒殺あるいは餓死させたために、檻はたいてい空っぽであった。

天王寺動物園に行った子供の私たちは「黒豹《くろひょう》」の檻に黒豚が寝ていると言って、可笑《おか》しがったのを覚えている。その隣の檻には牛がいた。

もっとあとでは、ハリウッド製の、グレゴリー・ペック主演『キリマンジャロの雪』やジョン・ウェイン主演『ハタリ!』という映画が封切られて、ヨーロッパの富豪に続いて、アメリカの金持ちが、アフリカに冒険旅行に出かけた時代である。

さて、日本におけるアフリカ情報は別として、私の病状はまだまだ続く。その運命やいかに、というところ。

13 病牀三尺

小学二年生の私の連日の高熱は、抗生物質の注射のおかげで一応治まった。私の世代は、敗戦のおかげでアメリカ製の抗生剤が間に合って、命が助かったのだ。

はじめは、米軍の横流し物資というかたちで日本に入り、後には高価ながら、金さえ出せば普通に手に入るようになったのだと思う。私がストレプトマイシンを、腕にしこりができるほど打ってもらっていた時代からしばらく経《た》って、『ストマイつんぼ』（大原富枝著）という本がベストセラーになったそうである。この抗生剤は、人によっては聴力に影響を与えることがあったらしい。

そういえば、つい最近も、ある病院の廊下で順番を待っている間に「病歴を記せ」というアンケートのような紙を渡され記入したら、医師はそれに目を通しながら「耳は大丈夫だったですか」と私に訊《き》いた。それで、別にプロをなめるわけではないけれど、「お若いのによくご存じで」とこっちが言いたくなったぐらいである。

いずれにせよほんの少しの時間差で、私は生かしてもらうことができたわけである。

しかし病勢が収まっても、その患部から膿《うみ》が湧いてたまってくる。かなりの量で、腿《もも》の表面を爪で軽く掻《か》いてみると、皮膚の感覚がブヨンとして鈍いような、変な感じだなと思っているうちに、たまった膿のために、腿がたちまち通常の二倍ほどの太さにも腫れ上がってしまった。

病名は股関節カリエスである。

股関節の骨を、結核菌が侵す。菌が脊椎骨に来れば脊椎カリエスというわけである。

道理で、病院に行く度に、お医者さんが私の背骨を数えながら指で押して、「ここは痛いか?」「ここは?」と訊いたはずである。傍らでそれを聞いていた父母の心中が今になって察せられる。結核は当時、まだまだ死病であったし、父自身が若いときに、肺結核で長い間療養を余儀なくされている。

大きくなって大学でフランス語を習って、虫歯のことをdent cariée(ダン・カリエ)というのだと知ったときは実に「なるほど」、と納得がいった。虫歯は「歯のカリエス」なのだ。dentは歯のことであり、cariéeは、carier「骨瘍《こつよう》にかからせる、齲蝕《うしょく》させる」という動詞の過去分詞であるから、つまりは「骨瘍にかかった、齲蝕させられた」という意味になる。それで虫歯のことを、医学用語では、「歯牙齲蝕《しがうしょく》」というのだそうだ。明治のはじめ頃に訳語を当てたのであろうが、昔の人はずいぶん難しい字を使ったものである。(ただし、と学者の揚げ足を取るようだが、この字を「う」と読むのは間違いだそうである。「く」と読むのが正しい)。

ついでにいえば、英和辞典にはcaries(カリエス)という単語がちゃんと出ていて、名詞で「〔病理〕カリエス(骨質の腐食)」とある。

骨が結核菌にかじられ、筋肉の引っ張る力で股関節が脱臼したままの状態になっているわけである。内部から膿が湧いてくると、太腿の、その部分の皮膚が伸びて薄くなり、半ば透き通ってきて、夜店の水槽の中に浮いている、水風船のようになった。そのうち、皮膚がぶよぶよして穴があき、膿が外に染み出してきた。

穴ははじめはひとつ、やがてふたつになった。膿を吸わせるために折り畳んだガーゼを当て、絆創膏《ばんそうこう》で貼っておくと、翌日、黄色くごわごわに乾くが、そうやって乾いたのを剝《は》がして取り替えるのが痛い。同じ病気がもっと進行した正岡子規も、その度に悲鳴をあげている。

近くの市立病院の宮本院長先生が、看護婦さんを連れてやってきた。まず、局部麻酔の注射をする。そしてそれが感度の鈍くなっている太腿全体を痺《しび》れさせるように効いた頃、リンゲル注射に使うような、特大の注射器を取り出して膿を吸い取る。その膿の分量が、最盛期には――と、別に懐かしむわけではないけれど――毎週、膿盆《のうぼん》に二杯ほどもあった。膿盆というのは、病院で使う、ソラマメ形の浅い金属の皿である。

その頃は、「島田の姉ちゃん」が看護婦として住み込みで付き添ってくれていた（島田のおばちゃん、姉ちゃんとややこしいが、姉ちゃんは看護婦さんであり、おばちゃんのほうは母の姉である）。歳《とし》の頃は、「行き遅れた、行き遅れた」と自分で言っていたけれど、まだやっと二

十五、六だったのではないか。徳島の吉野川で泳いで育ったという色の白い、眉のくっきりと濃い、美人の、性格もしっかりした人で、大阪市内の萩之茶屋《はぎのちゃや》のほうに住んでいて、映画の看板絵を見事に描く弟がいた。

私は島田の姉ちゃんが大阪に帰るときに頼み込んで、その絵描きさんに、樺島勝一《かばしまかついち》と山川惣治《やまかわそうじ》の絵を拡大して模写してもらった。樺島勝一のは、セラダングという野牛と闘う虎の絵、山川惣治のは、「おもしろブック」連載の絵物語『荒野の少年』の一場面で、カウボーイを威嚇するピューマの姿である。最後に上からニスがかけてあって、素晴らしい作品であった。画用紙の四倍くらいもある大きな紙にマス目を引いて、部分部分から仕上げていくのだという。それを天井近く、ベッドの斜め上にかけてもらって毎日眺めていたのだが、それはもう二年ほどあとの話。

膿を抜くのは週に一回。医師と看護婦が帰ったあと、私は泣きながら島田の姉ちゃんの手の甲を掻きむしるのだった。島田さんは私のなすがままにさせてくれた。もちろん、手は傷だらけになる。

それが何週間か繰り返されたあと、突然島田さんは怖い顔になると、私の手を振り払い、さっと行ってしまった。ベッドに取り残された私はひどく驚いた。それこそ想定外のことだったのだ。美人が怖い顔をすると般若《はんにゃ》のようになることを発見した。

それまでの私は、自分だけなんでこんな目に遭わなければならないのか、という被害者意識のような気持ちで胸がいっぱいで、島田さんの手を掻きむしることは、自分に許される、いわば特権のようなもの、と思っていた。その思い込みを、それこそ「甘えるんじゃない！」と突然の般若の顔で教えられたのであった。

彼女のお兄さんは、戦争で片足を失ったとかで、木の義足で、とっとことっとこ、天秤棒《てんびんぼう》を肩に畑の水やりでもなんでもする、という話をよくしたのは、私を励ますつもりであったのか。

彼女自身も戦争中の困難な時代をたくましく生き抜いてきたのであって、平和な時代に育って、病気以外の苦労を知らぬ坊ちゃんの私はこの人に、戦中戦前のこと、社会常識、それにその頃でももう古い、流行歌まで教えてもらった。

何しろ、「今お父さんが死んだらこの家はどうなると思う？」などと、島田の姉ちゃんはいきなり問いかけてくるのである。何も考えていない私は、どう答えたらよいかさっぱりわからない。

禅の公案ではないけれど、天井板の木目を眺めながら、私はほんの十年ほど前の、駅に戦災孤児がうろうろしていたという、恐ろしい時代のことを想像し、なぜか映画『鐘の鳴る丘』の、車掌の検札を避けるために列車の外にぶら下がり振り落とされる、暗い場面を思い出したりして、眠れぬ夜を過ごした。もっとも、夜眠れないのは、昼まで寝ているからで、それは老年の今も同じである。

そのうちに膿も出なくなり、脱臼した股関節を元に戻すために、牽引《けんいん》ということをした。股の間に幅の広い六尺ふんどしのような布を何重にも畳んで通し、それを鉄のベッドの、頭の上のほうの格子に括《くく》りつけて体を固定する。一方、脚に重い分銅をつけて、その重量で脚を引っ張るのである。もちろん寝返りなんか打ちようがない。それどころか、自分の枕上《まくらがみ》に何があるかさえ知ることができないし、取ろうとしても手が届かない。

後に西部劇を観たら、テキサスか、アリゾナか、砂漠で敵に捕まって、地面に打ち込んだ杭《くい》に手足を縛りつけられ、放置されるという場面があった。私はそれを観るともう、話の筋は何処《ど》かに行ってしまって、映画を観終《みお》わってからも、その場面だけが生々しく思い出されるのであった。

毎日天井を見ながら暮らす生活である。痛みはもうないから、退屈との闘いということになる。

明治の子規《しき》居士の場合は、そうはいかなかった。薬といっては煎じ薬ぐらいしかない。病勢は募るばかり。ほとんど首から下の全身を結核菌に侵され、身動きもできず、激痛に苦しみながら、日に何回もモルヒネなどの鎮痛剤を飲む。そして痛みがまぎれると新聞に文章を寄せ、それが『病牀六尺《びょうしょうろくしゃく》』『墨汁一滴』にまとめられた。私の父の運転手の酒井さんが俳句が好きで、子供の私に、といっても私は小学四年生か五年生ぐらいになっていたが、『病牀六尺』を貸してくれ、私は大いに共感を持って読んだ。生意気をいえば同病相憐《あわ》れむの類である。

特にその中の次の箇所。

病勢が段々進むに従つて何とも言はれぬ苦痛を感ずる。それは一度死んだ人か若しくは死際にある人でなければわからぬ。しかもこの苦痛は誰も同じことと見えて黒田如水《くろだじょすい》などといふ豪傑さへも、やはり死ぬる前にはひどく家来を叱りつけたといふことがある。その家来を叱ることについて如水自身の言ひわけがあるが、その言ひわけは固より当《あて》になつたものではない。畢竟《ひつきょう》は苦しまぎれの小言と見るが穏当であらう。陸奥福堂《むつふくどう》も死に際には頻《しき》りに細君を叱つたさうだし、高橋自恃居士《たかはしじじこじ》も同じことだつたといふし、して見ると苦しい時の八つ当りに家族の者を叱りつけるなどは余一人ではないと見える。

（明治三十五年　五月二十八日『病牀六尺』）

子規は、ここで、献身的に看病をしてくれる妹の律に対して、多分照れながら、言い訳をし、感謝の情を述べているのであるが、私も、この歳《とし》になって、遅ればせながら、島田の姉ちゃんの手の甲を掻きむしったことの言い訳をしておきたい。

今考えてみると、子規は、若い頃から無茶な野球などせずに体をいたわり、日清戦争の従軍記者などにもならなければよかったのだし、最初に喀血《かっけつ》したあとは、もちろん、絶対安静で寝て暮らせばよかったのである。そして持ち前の大食ぶりを発揮していれば、なんとか治った可能性もあったはずである。

子規の最後の頃の苦しみ方は、凄惨の一語に尽きる。しかしその苦しみの合間に文章を書き、句を作り、あまつさえ絵を描く。身体《からだ》はほとんど抜け殻、わずかに残った襤褸《ぼろ》のような骨と肉に精神力が潜んでいるような具合である。こんな断片がある。

熱高く身苦し。始めは呻吟、中頃は叫喚、終わりは吟声となり放歌となり都々逸端唄《どどいつはうた》曲仮声片々寸々《こわいろへんぺんすんずん》又継又続倏忽《しゅっこつ》変化自ら測る能はず。

（明治三十四年　六月九日　『墨汁一滴』）

叫び声をあげずにはいられないのである。ちなみに子規庵《あん》のある根岸の里は、今の鶯谷《うぐいすだに》の駅に近い、寂しいところであった。ときどき蒸気機関車が通る。それ以外は動物園の獣の声が聞こえたり、上野の山で鳴くフクロウの声が聞こえたりした。

夏の夜など、近所の人が井戸端で行水を使い、団扇《うちわ》で尻をぴしゃぴしゃ打つような音まで聞こえてくるほど。蛍が開け放しの部屋に迷い込んで、硯《すずり》にとまる。

そんな静寂の中で、子規の断末魔の叫びは、近所中に響いたはずである。今なら隣人が黙っていない。苦情が来て、とっくに病院にでも隔離されている。

そういえば、子規をめぐる友人、後輩たち、河東碧梧桐《かわひがしへきごとう》にしても、虚子にしても、隣に住んだ寒川鼠骨《さむかわそこつ》にしても、よくまあ、子規につきあったものだと思う。漱石のごときは、もっと前の話だが、松山で借りた家を半分乗っ取られたようなものである。

結核は伝染性の病気である、しかも膿などが出れば、それはすなわち腐臭の元である。

私は今もときどき、家から近い田端のお寺にある、子規居士の墓に詣でて、「月給四十圓《えん》」という文句を拝んで帰ってくることにしている。

14 ラジオデイズ

ストレプトマイシンのおかげで、腿《もも》から膿《うみ》が出ることも治まり、次は牽引《けんいん》といって、脱臼した股関節を元に戻すために、重りをつけて足を引っ張ることになったわけだが、その仕掛けは、見れば一目でわかるけれど、言葉で説明すればややこしくなる。

中に綿を入れた、細長い布団というか、太い紐《ひも》のようなものをドーナツ状の輪にして三か所、脚に括《くく》りつけ、それぞれを二本のロープに縫いつけてある。そのロープを下駄《げた》のような板の穴に通し、滑車にかけて分銅を重りにするのである。

言い方を換えれば、緊急脱出用の縄梯子《なわばしご》の段々が、丸く曲げた細長い布団でできているようなもので、それを脚に取りつけるのだ。

一日中引っ張らなければ脱臼が元に戻ってしまう。もちろん、仰向《あおむ》けに寝たまま。寝返りを打つなどということはできない。

先に言った細長い布団は、脚のまわりにしっかりと巻きつけ、木綿糸で縫ってある。それが、取りつけてしばらくはいいのだが、一晩寝ているうちに、弛《ゆる》んでずれてくる。すると、木綿糸がきりきりと直接脚に食い込んで、痛くて痛くて目が覚める。おしっこもしたい。

「ねえちゃ〜ん」

と呼ぶのだが、島田の姉ちゃんは、台所で女中さんと話に夢中になっているから、私の金切り声が聞こえない。病室から台所までは、廊下が曲がりくねっているから声がなかなか届かないのである。やっと気がついてくれた頃には、私は、痛さと、おしっこが今にも漏れるか、というあせりと腹立たしさとで半泣きになっている……というのが毎日のことであった。

その代わり、脚の肌に深く食い込んだ木綿糸を鋏《はさみ》でふつふつ切ってもらったときの嬉《うれ》しさは格別で、次にもう一度仕掛けを付け直すまでの、つかの間の解放感を得ることができた。

毎日が退屈との闘いである。

本を読む。戦前の漢字の多い難しいのは読んでもらう。ラジオを聴く。しかし、ラジオというものは、大人が聴くものであって、特別な番組以外は、子供を主な相手にしてはいない。午前中にＮＨＫの学校放送というものがあったけれど、実にお行儀のいい、面白くないものであった。

それより、こんな時間にラジオに出て、わざとらしいことをしゃべっている子役たちは学校をどうしているのか、と、いらぬ心配をした。自分こそ、こんな時間に家で寝ているのであるが。

午後の三時から四時が退屈の頂点である。

「昭和十五年頃、中国、黒龍江省にいた△△さんを○○さんが探しています」

と、いかにもNHKのアナウンサーらしい声で淡々と読み上げる。「尋ね人の時間」である。

そういう、声の告知板みたいな放送が終わると、いきなり明るく、

「ポケット・コント頓首再拝《とんしゅさいはい》」

という声。

石浜某という、声優だか、アナウンサーだかが、それまでしゃべっていた人たちとはまったく違う調子で、ちょっとしゃれた小話のようなことを言うのである。私は燕尾服《えんびふく》にシルクハットの人物を想像した。今考えると、進駐軍文化の影響もあったのかと思う。石浜氏の少し鼻にかかった、いい声をかすかに覚えている。

夕方になると、いよいよ小生お待ちかね、連続時代劇『新諸国物語』の「白鳥の騎士」の時間である。時代も国籍もわからない冒険活劇で、『ニーベルンゲンの歌』のような趣もある。神話風の戦記物と考えればいいのであろう。

騎士のひとりが敵に捕まり、水牢《みずろう》に閉じ込められて、下からじわり、じわりと水位が上がってくる。あわや、というところで、前回は終わっていた。水に弱い私は怖くてたまらない。

いよいよドラマが始まる、というところで家庭教師の岸谷先生が来た。いくら病気だからと

いって、家でただ寝ているだけの小学三年生では将来困ったことになるというので、最近、来ていただいている先生である。

もちろん、勉強はせねばならないが、私としてはどうしてもラジオドラマの前回の続きが聴きたい。しかし、島田の姉ちゃんはそんなこと、許してくれない。

こうなったらわがままを通すしかない。先生は、仕方なしに、一緒にラジオを聴いてくれた。しかし、真面目《まじめ》で、謹厳実直を絵に描いたような先生が「こんなもん何が面白い」という顔をして横に座っている。先生とふたりきりで聴くラジオドラマの味気なさ。途中で私は、「もうええ」と心に思った。声に出していえば、「わがまま」とまた怒られる。

そういえば、このドラマのまた別の回で、主人公が別人になりすますために、焚《た》き火《び》で顔を焼くという場面もあった。とにかく、痛いことの大嫌いな私は、残酷場面が苦手で、ベッドから起きられるようになると、ルナールの『にんじん』のように、水の張った洗面器に顔を浸《つ》けてみて水牢の苦しさを想像したり、ロウソクの火を指先で触ってみてジャンヌ・ダルクはさぞ熱かったろうと心配したり、忙しかった。

『新諸国物語』は構想の大きな物語で何年も続いたが、やがて「紅孔雀《べにくじゃく》」の物語になり、当時売り出し中の二枚目、中村錦之助主演で、映画化された。

私の寝ている窓の前の庭を誰かが掃除してくれる。するとたちまち湿った土の臭いが立ち込めた。

朝から雨が降ったりすると、暖かい布団の中で寝ていられることを正直幸いに思った。みんな、眠いのに早起きをして、今頃傘を差して肩先を濡《ぬ》らしながら寒い学校に行っている、鍛冶君や、重田君、衣川君、左官さん、寺田さんたちは大変だろうな。

庭の木は、マツ、ヒマラヤスギ、サンゴジュ、キンモクセイと、その向こうに、背の高い木の柵に絡ませたカラタチの垣がある。その垣根の外をいろいろな足音をさせて、人が通るのが聞こえる。まだ下駄を履いている人がたくさんいた時代である。

ヒマラヤスギは、父が植えさせたものだったと思う。なんとなく、エキゾチックな趣があって、洋館向きだが、日本の民家の庭にはあまり似合わない。明治の昔にイギリス人が、本当にヒマラヤ地方から持ってきて、横浜にでも植えさせたのが広まったのか、と勝手に想像している。根が深くはないようで、柔らかい土に生えている木は、台風が来ると根こそぎ倒れてしまうことがあった。

夜のラジオは、家中で聴いた。帰宅した父は、食事をし、夕刊を読んだり、本屋から届いた雑誌や美術全集を見たりして聴いている。

本をよく買う家で、私の兄貴などは、貝塚の駅下《えきさ》がりの「中野書店」、通称「すずめ屋」でつけで買っていた。長男の特権のようであった。あるとき『トルーストーリー』という変な雑誌が来た。「こんなもん、誰が頼んだ」と母が不思議がったが、兄貴の話でわけがわかった。電話で『トルストイ全集』を注文したらこれが来たのであった。

夜のラジオの人気番組は「二十の扉」「話の泉」「とんち教室」それに落語。民放では浪曲も人気があった。「浪曲天狗《てんぐ》道場」という番組があって、素人の浪曲のど自慢大会であった。そこで優勝した人がプロの浪曲師にデビューする、ということもあったようである。

そういえば、レコードというものは、歌よりも、浪曲とか落語を録音したものがよく売れていた。もちろん七十八回転のSPレコードで、片面で三分ぐらい。桂春団治の落語が家にあって、同じものを繰り返し繰り返し聴いた。独特のだみ声で、同じ発声法が今でも大阪の落語家に伝わっている。

ラジオでは、その前、私がまだ幼稚園児くらいのときに「日曜娯楽版」というのがあった。「僕は特急の機関手で〜」というのんびりした歌が入り、なんだかふざけた調子の、戦前、戦中なら警察官やら軍人やらに「ちょっと来い」と引っ張られそうなことを言うのである。作者の三木鶏郎《とりろう》という名をよく聞いた。しかし、そういうのにもGHQの圧力がかかったりしたようである。きわどいネタはわりあい早く消えたような気がする。

アメリカさんの御威光を笠《かさ》に着て、という団体などもいろいろあったようだ。子供にはわからないなりに、そういう雰囲気のようなものは感じられた。とにかくDDTとかPTAとか、カタカナ語が流行《はや》って、しかも効力を発揮した。


戦争が終わって、というかひどい負け方をして、なんでもいえるような、同時になんにもいえないような、変な時代だったのであろう。右か左か、どっちに転ぶかわからない。日本に共産革命を起こそう、と真面目に議論する人たちも多かった。シベリアの抑留帰りで、共産主義思想にスッカリ洗脳されている人が目をギラギラさせている。かと思うと、戦地から帰って、苛酷な体験のゆえにか、精神的におかしくなっている人がたくさんいた。

酒に酔ったときに軍歌を歌ったりするのは、それより下の世代である。「海ゆかば」の暗いメロディーを聴くと、子供の私でも、嫌な、というか、「いや〜な」気がした。

春先は国鉄のストライキで、電車はストップするのが恒例のようになっていたが、その鉄道ストはずいぶん長く続いた。大学紛争が終わった頃、私が初めて大学の非常勤の講師になって、近所にある私立の大学に自転車で行くと、ストだから研究室に誰も来ていない。どうするんだろう、と手持ち無沙汰でひとり座っていると、専任の先生から電話がかかってきて「今、どうなってる?」と言うのであった。

昔のラジオ番組に話を戻すと、「話の泉」は一種のクイズ番組で、アナウンサーがヒントを出し、徳川夢声とか渡辺紳一郎とか堀内敬三とかというような、いわゆる文化人、著名人がうまく答える。

「世界一小さい島は?」という問いの答えが「膵臓《すいぞう》のランゲルハンス氏島」というので、答えられなかった渡辺紳一郎が悔しがっていたのを思い出す。

そういえばその少しあとに渡辺紳一郎が、集英社の少年雑誌「おもしろブック」にコラムを書いていて、その中に、「パリでは、カルチエ・ラタンというところに立派な標本商の店があって、『アフリカ産巨大甲虫入荷!』と札が出ていたりした」などと書いているのを読んで、さすがパリと思った。

渡辺は戦前、たしか朝日新聞パリ支局にいたのだと思う。シャリアピンに気に入られて、「家に来いよ」と言われ、しばらく住まわせてもらったと何かに書いていた。音楽評論の大田黒元《おおたぐろもと》雄《お》とか、戦前あちらで暮らした人たちの体験談を、行ったことのない人間は黙って聞くしかないという状況であった。

それから二十年ほど経《た》ってパリに行ったとき、サン・ミッシェルの噴水の裏手にあった出版社兼博物商「ブベ商会」に、「これが、渡辺紳一郎の言っていた店だろう」と、思い切って入ってみた。

白衣を着た老店員が対応する。標本は後ろのほうに並んでいる標本棚に入っていて、こちらが虫の名を言い、在庫の有無を問う度に、いちいちもったいぶって、その虫を取り出してくるのである。実物をあれ、これと、指差して、というわけにはいかない。ラテン語の学名かフランス名でも知っていないと、見せてもらうこともできなかった。

「なるほど、博物学の本場はこういう感じか」という体験だった。下宿住まいの身で、標本箱を増やすわけにもいかないから、アポロチョウ一頭を買って満足した。ショーウインドーに鉱物採集用のハンマーや動物の剥製を並べてあったその店も、今は出版物に名を残すだけのようである。まあ、あんな一等地に、博物商が家賃を払って店を構えていられる時代では、もはやなくなった。

15 とんち教室

夜の八時頃、

「私がとんち教室の青木先生です。出席を取ります」

と、そのラジオ番組は始まるのであった。自分で「先生」と称するところがなんとなく変な気がした。


「石黒敬七君」

「はーい」

「桂三木助君」

「はーい」

「柳家金語楼君」

「はーい」

と、なんとなく間のびした返事で、生徒役にはユーモラスな、とぼけた人が多かった。

そのなかでも、とりわけこの石黒敬七という人のことが印象に残っている。少し喉をつまらせたような、いかにも肥《ふと》った人の声で、いつも焦点のずれた劣等生風の返答をして笑いを誘っていた。

週刊誌などにも「石黒の旦那」としてよく登場していたが、写真を見ると黒眼鏡にパイプの文化人で、大阪の田舎などの、身近にはいないタイプであった。ベレー帽をかぶっている写真もあったかもしれない。

あるとき、お相撲さんの名前を読み込んで都々逸《どどいつ》を作れ、というお題が出た。石黒の旦那の答えは、

朝塩辛い味噌汁食って、よしばよかった清水くれ

というものであった。子供心に「うまいもんやなあ」と感心した。もっとも、こんなことを何十年も経《た》っていまだに思い出す私もくだらない人間かもしれないけれど。

最初に朝潮太郎、次に吉葉山、そして清水川の名が読み込まれている。朝潮は奄美群島徳之島出身の、彫りの深い抜群の大男の、後の横綱。吉葉山は相撲人形のような美男横綱、そして

清水川は、栃錦と技を競った名小結である。

朝潮の相撲では、まだ若くて細っこい大鵬《たいほう》を、両手を広げて鶏でも追うように、土俵から追い出したのが印象に残っている。相撲にならなかった。

当時の相撲人気は、今よりもっとずっと熱いものであった。はじめはもちろんラジオ、あとにはテレビ。そのテレビに、近所の人が群がった。

中学校などにも土俵があって、相撲大会が開かれたし、若い男らが集まると、将棋を指すか相撲を取るか、という時代である。今の若い作家、評論家たちが退屈してそんなことに興じる、などというのは聞いたことがない。

もっとも、その人たちも、年齢からいえば若く、多くは三十代であり、しかも三十代半ばくらいで死んでいる。人生の締め切りが早かったのである。〝鬱然たる大家〟が五十代にも満たなかったりした。

石黒の旦那は、大阪の父の会社にも来た。そして色紙に俳画風の淡彩で、スキーをしている自画像をさらさらと描いて、

奥本製粉のスパゲッティー大スキー
ただし値段はマカロニ

という文句が、柔らかい筆文字で記してあった。「スキー印」というのが我が家業《かぎょう》の製品の名前で、もし、兄貴ふたりがいなかったら、私はこの会社を継がされていたかもしれない。

この色紙は、会社の応接間に長い間飾ってあったが、どうなったのか。今の私なら、もらっておくんだったのに、と思う。

こんなふうに席画を書いたり、都々逸を作ったりするのは、少なくとも江戸時代から続く古い教養であり、余技ともいうべきものであろうが、石黒敬七という人は実際に、たいした教養人だったようである。

大学に入って、神保町の古書市でたまたま『写された幕末』(アソカ書房)という本を買ったら、著者が石黒敬七であった。氏が柔道の指導者としてパリにいた間に、骨董屋《こっとうや》、蚤《のみ》の市《いち》などで蒐《しゅう》集《しゅう》した古い写真に解説を加えたものである。

『写された幕末』の序文によると、大正の末年、パリの蚤の市でダゲレオタイプの写真を見つけたのがはじめで、その後、夢中になって蒐集したものであるという。

それらの中に、幕末に来日した外国人写真家が日本の人物、風景を撮影したものがあったわけだが、石黒がフランスにいた一九三〇年代には、あちらでは特に大切に扱われてはいなかったようである。

その当時の在仏日本人にしても、明治生まれであるから、写されているのは、自分の親か祖父母の時代である。つまり、ほんの少し前の、野蛮、未開の日本の、西洋人にはあまり見られたくないような、恥ずべき画像、ぐらいに思っていた人もいたのではないだろうか。懐かしい母国の大切な記録とは思っていなかったようである。それを石黒の旦那は熱心に買い集めた。

と、こちらのほうに話がそれるときりがない。しかし、考えてみると、子供のときから、私がおや、と思う人のなかには、先の渡辺紳一郎にしても、この石黒敬七にしても、フランス文化と関係のある人が多いようである。フランスでなければ中国。

幕末に渡欧した留学生の大半は、イギリスかドイツを留学先として選んでいる。これはつまり、後進国用の実学を求めたのである。それに対し、フランスを選んだのは、絵描きとか、成《なる》島柳北《しまりゆうほく》のような御家人で、「フランスなぞに行くのは腰抜けか助平」と言われたそうである。私にもどちらかといえば後者の血が流れているらしい。

日曜の昼は「素人のど自慢」。この番組に応募した人が次々に、マイクの前に立って歌う。今のカラオケでマイクの扱いに慣れている人は笑うだろう。たいていは、歌い出してすぐ、カーンと鐘ひとつで退散させられる。カン、カン、カン、カーンと鐘を鳴らす上手な人は番組中、ひとりかふたりであった。

今でも覚えているのは、最初から、次々に登場する人が、続いて何人も、何人も、「上海帰りのリル」を歌ったときのことである。伴奏はいつもアコーディオンであった。

「一番、上海帰りのリル。船を見つめてい〜た〜、ハマのキャバレーにい〜た〜、風の噂《うわさ》はリ〜ル〜」でカーン。以下、二番、三番、四番、と同じ歌、同じ評価が続くのである。

リルにはモデルがあり、小柄で可愛《かわい》い女性だったので、〝Little〟と呼ばれていた、そしてそれが、〝リル〟と聞こえた、というようなことをあとで読んだが、実際に戦前、戦中に上海あたりにいて、この曲に、何か胸を掻《か》きむしられるような思いをする人たちがまだ若かったのかもしれない。

同じひとつの曲が、一度流行《はや》り出すと、いつまでも歌われるのであった。私にとって、古い「リンゴの唄」はもちろんだが、「湯の町エレジー」にしても、「湯島の白梅」にしても、毎日何回も、ラジオから流されるし、学校に行く途中通る商店街などでもそれが聞こえる。

幼稚園児や小学校の一年生は、言葉の意味がはっきりわからないなりに覚えてしまう。「お〜つ〜た〜ち〜か〜ら〜のこころ〜い〜き〜」ってなんだろう？　力が落ちる？　とずっと思っていた。

もっとあとでも、「銀座カンカン娘」のメロディーが耳について離れず、とうとう入院したという大先輩のフランス文学者がいた。

そういえば、「エレジー」などという言葉をよくも強引に曲の題名に使ったものだと思う。エレジー、élégie（哀歌、悲歌）といえば、十九世紀フランスの作曲家マスネの「エレジー」が洋楽好きのインテリには知られていたであろうが、それを「湯の町エレジー」という具合に使うとは。

「銀座カンカン娘」の「カンカン」も、映画にもなった「フレンチカンカン」から来ているのか。今ならこういう語は流行歌のような、ポピュラーな曲には使わせてはもらえまい。その代わりにアメリカの俗語ならOKのようで、歳《とし》を取ってまた意味のわからぬ単語を聞かされる。

さて、病気のほうは、ストレプトマイシンのおかげで、腿《もも》の膿《うみ》は止まり、牽引《けんいん》によって股関節の脱臼がなんとかなったようであった。

ある日、お医者さんと、父と、会社の若い男の人たちが何人も病室に入ってきて私を裸にし、宙に抱き上げて支え、肌にまず脱脂綿をあてがって、その上から、生の石膏《せっこう》に浸した包帯を巻き始めた。

小学三年生の子供とはいえ、重くて腕が疲れるから、交代しながら支えてくれる。私としては父からの説明が欲しかった。父は父で、幼い子に、説明するよりむしろ早く済ませてしまうのがよい、と考えたのであろうが、何をされるかわからないのが一番恐ろしいし、屈辱感も、もちろん、ある。

生の石膏からポタポタ水分が落ちる。まだビニールも何もない時代であるから、畳の上に、次いで巻き終わってベッドに横たえられたときはベッドの上に、油紙でも敷いていたのであろう。

石膏が乾いていくと腹部をぐるぐる巻きにした包帯の厚みが少し減る。今は呼吸が少し苦しいくらいきつくても、あとでちょうどよくなるということだったが、締めつけられるようで叫び出したいくらいであった。

悪いほうの脚を中心に、腹部まで固定し、脱臼しないようにして、何か月か経てば、骨も筋肉も安定するということらしかった。

往診の医師から、「夏頃にはこのギプスが取れるでしょう」と言われたときには、「そんなに時間がかかるのか……夏まではまだ何か月もある」と、私のみならず島田の姉ちゃんも一緒に驚いたけれど、実際にはとても、夏まで、で終わるどころの話ではなかった。

下半身を半分、ミイラ男のように固められて、仰向《あおむ》けに寝たままである。痒《かゆ》いところがあると、腹の隙間、背中側の腰のあたりから、あるいは、足の指先から、先を丸く曲げた針金を突っ込んで掻いてもらう。

痩せた尾骶骨《びていこつ》に力がかかる。もちろん最初に脱脂綿があてがってあるけれど、その脱脂綿が邪魔になる。しかし、痒いところを掻こうとして、脱脂綿を針金で掻き出してしまったりしたら、今度は、乾いて硬くなった石膏に直接肌が触れることになる。何しろ寝返りも打てないから、同じところが鬱血する。しかもそこに直接手が届かないのである。痛いような、痒いような。これが悪化して床ずれにでもなったら悲惨である。

「しまいに白い骨が出てる人があった」

などと、年配の看護婦さんで、目撃したままを語る人がいたのでぞっとした。しかし、痛いのもつらいが、痒いのもつらい。

季節は、はじめ春だったが、だんだん暖かくなり、暑くなる。風呂にはもちろん入れない。

熱いお湯でタオルをしぼって清拭《せいしき》してもらうのだが、石膏に覆われた部分はどうにもならない。針金で掻いてもらおうにも奥のほうには届かない。しかし、そこが痒いのだ。たまに入り口に近いところが痒いときには、「痒いところに手が届く」という言葉の意味を存分に味わった。

これでもし、ノミ、シラミがいたら地獄だったろうな、と今考えるけれど、戦地の兵隊さんなどは実際にそんな目に遭っているわけであろう。

手塚治虫の『ぼくのそんごくう』はたしか「漫画王」の第2号から連載が始まったのだと思うけれど、その前の夏の間、海で泳いで中耳炎になり、岸和田の耳鼻科に行った帰りに買ってもらったその号が、家にあった。

何遍読んだかわからないほど読み返したものだが、それが面白いから、大人用の『西遊記』を読んでみたら、悟空が三蔵法師に出会うまでに長い話があるのだった。

石猿は、如来のために、巨石の下敷きになったまま、なんと五百年間、三蔵法師の通りかかるのを待つのである。

挿絵を見ると、うつぶせになったままの猿の上に、家よりも大きい岩が載せられている。その間、食事といえば、水に浸《つ》けた鉄の球から出る鉄錆《てつさび》の汁ばかり、というあたりを読んで、悟空の苦しさと退屈を、自分もしみじみ感じた。挿絵で悟空がうつぶせにされているのがいかにも苦しそうである。

「仰向けのほうが、これでもまだましか」

と、私は思った。とにかく、パニックを起こして、泣いても叫んでもどうにもならないのである。じっとして、目下の境遇を忘れるしかない。

『ガリバー旅行記』を読んでも、主人公の目が覚めたときの、がんじがらめに縛りつけられた人間の苦しさが気になる。

苦しみを突き詰めて考えていても仕方がない。結局、気晴らしの術《すべ》を会得するのが上策、と子供ながらに観念したようであった。

16

枕元の飼い鳥

生き物にまつわる最初の記憶のひとつとして思いつくのは、茶色いリスのぬいぐるみであった。左の目が取れたので、代わりにボタンを縫いつけてもらった。

思い出すのは、そのリスを抱いて、病気で寝ている母の布団の裾のあたりをそうっと歩いている自分である。病気がうつるから近づくな、と言われていたらしい。母は、風邪でも引いていたのであろうか。

「私の寝てる布団の裾を、この子が真剣な顔して回っていくんやわ。呼んでも、ううん、と首振ったりして」と、あとになって母がさも可笑《おか》しそうに笑いながら言った。

その次の記憶はカナリアである。私は肋膜炎《ろくまくえん》で寝ていた。朝起きると、家の中はしんとして誰もいない。黄色い小鳥が、鳥籠に入れて枕元に置いてあった。

私はその小鳥をじっと見た。なんだか昔から知っている鳥のような気がした。小鳥も首を傾《かし》げてこっちを見る。黒目がちの小さい、賢そうな目であった。ときどき喉を震わせて、いい声で鳴く。

ハコベをやるといい、と教えられていたので、起きられるようになると、道ばたで一束ほど摘んできて与えた。籠の戸を開けてハコベを突っ込んでやると、小鳥は怖がってばたばたと暴れた。

手に乗ってくるほど馴《な》れはしなかったが、このカナリアはいつも私の大事なペットとして身近にいた。

小鳥としてはずいぶん長生きをしたように思ったが、私が高校生の頃に盗まれてしまった。庭にこしらえてもらった鳥小屋に、他の鳥と一緒に飼っていたのを、早朝、人がいないところを見計らって、金網を破り、何者かが持ち去ったのである。

跡に黄色い羽毛が落ちていた。鳴禽《めいきん》や伝書鳩を飼うことが流行《はや》り、高値で取引されるとかで、盗まれる事件が、その頃よくあった。

もちろん、小鳥の飼育は戦前から盛んであって、戦後それが復活したのである。主に鳴き声を楽しむためのメジロ、ウグイスは、今と違って普通に小鳥屋で売られていた。内田百閒《ひやっけん》の随筆にあるように、ミソサザイのような鳥でも、どうかすると手に入ったようである。

野生のメジロ、ウグイスを捕ったり、雀《すずめ》を空気銃で撃ったりすることも、当時はとがめられることがなかったし、誰も別になんとも思っていなかった。もちろん飼い鳥の技術は、古くから日本で高度に発達し、ウグイスやヒバリの鳴き声を楽しむことは主に老人の消閑の具であった。擂《す》り餌《え》の工夫などというものも、考えてみればたいした技法だと思う。小さな擂《す》り鉢《ばち》に小さな擂《す》り粉木《こぎ》を使って、魚粉や、茹《ゆ》でた菜っ葉などを練るように擂るのである。午前中はそれでつぶれてしまうなどという人がいたはずである。

空気銃の宣伝が少年雑誌の巻末に、ハーモニカや、「頭のよくなるエヂソンバンド」と並んで、いつも出ていた。それどころか、「カラスが撃てる」という触れ込みの強力なポンプ銃さえ、堂々と売られていた。料理屋でも、カスミ網で獲《と》ったツグミなどを焼き鳥にして出したという。野蛮といえば野蛮な時代である。しかしそういう焼き鳥のうまさは、家禽《かきん》などの比ではないそうである。

戦後、バードウィークなどという英語の運動が盛んになったのは、進駐軍のなかの鳥好きの将校らが、そんな状態を憂えて推進したからであろう。

父は私を喜ばそうと、会社の帰りに小鳥屋に寄って、いろいろな鳥を買ってきてくれた。そのなかでもヤマガラは人に馴れる小鳥で、ずいぶん私の相手になってくれた。

昔、祭りの日におみくじを引いていた、胸が栗色《くりいろ》で、シジュウカラよりほんの少し大柄の、あの鳥である。

蓑虫《みのむし》を与えると、両脚の間に挟んで、袋状の口の部分を、くちばしでコンコンコンと高速でついばみ、蓑の中に潜んでいた黒い虫、つまりミノガの幼虫あるいは無翅《むし》の雌をずるりと引っ張り出し、うまそうに食べてしまう。

　麻の実をやると、小粒のあんな実を、やはり高速で、的確についばんで割り、中身を食べる。鳥籠を枕元に置いてその様を眺めるのが私の楽しみであった。

　コマドリを初めて見たときは、なんだか地味な色をした鳥だと思った。高価な通好みの鳥だということだったが、本当に、キョロロロローというい い声で鳴く。これを「ヒンカラカラ」と駒の嘶《いなな》きのように聞き做《な》すのだそうである。私の寝ている部屋から一部屋隔てた座敷の縁側で鳴くその声を聞くと、それこそ、深山幽谷に在るような気がした。

　ところがある日、コマドリのただならぬ悲鳴と、必死にばたばた騒ぐ音がした。野良猫が侵入して鳥籠を襲ったのだ。「こらーっ」と、私は声の限りに怒鳴ったが、いかんせん、石膏《せっこう》のギプスに固められて身動きが取れない。台所の人たちは例によっておしゃべりに夢中で気がつかない。その間に野良猫は、小鳥をくわえて攫《さら》っていってしまった。そのときのコマドリが感じたであろう恐怖感をときどき想像しては、私は冷や汗が出るような気分になるのだった。

　鳥好きで病気の、馬鹿息子のことは近所の人の知るところとなって、いろいろな鳥が届けられた。あるときは、紙箱を開けてみると、全身が地味な灰色で、目の下が褐色の鳥が入っていた。小学校の林間学校に行って、山で捕ったという。図鑑で調べると、ヒヨドリらしい。その頃ヒヨドリはキジバトと同じく山の鳥で、今のように、人里でよく見かけるものではなかったように思う。

トビをもらったこともある。会社の人が庭に杭《くい》を打ち、紐《ひも》で脚を縛った大きな鳥をつないでくれた。何かの拍子に両翼を広げると、上空を舞っているときとはまた違う。本当に巨大な鳥である。しかしそのわりに恐怖感はなかった。魚屋で鰺《あじ》を買ってきてやってみたけれど、誇り高い猛禽《もうきん》は食おうとしなかったから、惜しかったけれど、弱らないうちにと、捕れたところに放してきてもらった。

全身がグレイで、太いくちばしが黄、そして黒の帽子をかぶったような大きな鳥を持ってきてくれたことがある。昔山で捕って飼っていたのだが、坊ちゃんがそんなに鳥が好きならあげる、とのことだった。立派な鳥籠に入っている。高い声で「キコキー」と鳴くのである。イカルといってスズメ目アトリ科の中で最大の種である。この「キコキー」という声は懐かしい。ずっと私は家にいて、この声を聞いて生活したからである。

庭にメジロが来て、ツバキの花の蜜を吸っている。くすんだ緑色の小さな鳥が、敏捷《びんしょう》に木の茂みの間を縫って、あちこち飛び回る。

家で飼っているメジロが、ち、ちと鳴くと、庭のメジロが反応するようである。それで私は、悪いことを思いついた。ギプスを外されて、家の中を歩き回れるようになっていたときのこと、まだ学校には行かずに勝手気ままに、楽しく日々を送っていた頃である。

座敷の座卓の真ん中にメジロの鳥籠を置き、自分は、障子の陰で隠れていよう。そしたら、囮《おとり》に誘われて、野外のメジロが室内に入ってくるかもしれない。

作戦は見事図に当たった。外のメジロが部屋に入る。すかさず私は障子を閉めて、室内に閉じ込め、かねて用意の捕虫網でさっとメジロを捕獲した。その後、その野生のメジロと、心ならずも囮の役をやらされた我が家のメジロとは、「よくもだましやがったな」「いや、おれの立場もわかってくれ」とかなんとか、別に喧嘩《けんか》することもなく、同じ籠で、長生きしたようであった。


厚さが十数センチもあって、ずっしりと重い、北隆館の『日本動物図鑑』の、鳥類の名前を部分的に暗唱し始めたのもその頃であった。

私は、たとえば北杜夫《もりお》さんのように、少年期の持ち物を戦争で焼き尽くされた世代ではないし、引っ越しも特にしていないので、その動物図鑑を今も持っている。背が革装の頑丈な本が、はじめから三分の一ぐらいのところで裂け、ところどころ黒インクのシミがついている。裂けたところを開けてみると「りうきうがも（琉球鴨）」から始まる頁《ページ》である。

このあたりの「がんあふ（雁鴨）科」の、線画による挿絵を真似《まね》して描いているうちに、その名前を、図鑑の通りの順番で暗唱しないと気がすまなくなった。

「増補改訂１９４９」と書いてあるけれど、動物名も、解説も旧仮名遣いである。文字を見ないように天井板の模様をうつろに眺めながら、鳥や魚の名を唱えていく。前夜、龍や髑髏《どくろ》のように見えた天井の模様が、昼間の光の中で力を失っている。

一種の神経症みたいなものであろうか、とにかく「りうきうがも、あかつくしがも、かんむりつくしがも、つくしがも、まがも、あひる、かるがも、まりあながも、なんやうまみじろかるがも、こがも、ともゑがも、しまあぢ、よしがも、ひどりがも、をなががも……」と、お経のように唱えていく。途中で順番を間違えたらはじめから、またやり直しである。

こうして「はやぶさ」の仲間、「めじろ」の仲間、魚では「ぎんぽ」の仲間を覚えた。「みやまめじろ、ねずみめじろ、ぽなぺめじろ……」などはまだ記憶に残っている。「しろはやぶさ」という、北に棲《す》む真っ白な隼《はやぶさ》の一種をどうかして見たいと思った。

それぞれの生き物の解説に、執筆者の名が明記してある。私は「内田（清）」、「黒田」という名前を見ているうちに自然に尊敬の念を抱くようになった。

内田（清）は、内田清之助《せいのすけ》である。鳥だけでなく、蝶《ちょう》にも詳しい方で、戦前の蝶の雑誌『Zephyrus』などにも執筆していることを、大学生になって、本郷の古本屋をうろうろしている頃知った。

内田先生は、同じ北隆館の『日本昆虫図鑑』にも解説を書いている。この名前に惹《ひ》かれて、その著書『卵のひみつ』（光文社）という本を読んだ。本全体としては理科の教科書のようで、子供の私にはあまり面白くなかったが、その中に出てくる絶滅鳥、マダガスカルのエピオルニスのことは印象に残った。

これはダチョウをさらにがっしりと頑丈にしたような、別名をエレファントバードというほど脚の太い、飛べない鳥であるが、世界最大の卵を産んだことで有名である。

大人になってから、テレビ番組の撮影で、この鳥の卵の化石を求めてマダガスカルに行くことになったのも、このときの読書がきっかけになっている。

その本を読んでいると、私は急に卵が食べたくなった。島田の姉ちゃんがいろいろな鳥の卵が並んでいる本の表紙を見ながら、卵に小さな穴をあけて、中身をちゅうと吸い出すと元気が出るしおいしい、と言ったからである。

私と十幾つしか歳《とし》が違わないけれど、この世代の人には卵信仰とでもいうようなものがあって、たとえば、運動会の前には、生卵を飲んだりしたようである。

「黒田」は黒田長禮《ながみち》である。黒田長禮は、旧福岡藩主の家柄で、その子の長久《ながひさ》も鳥類学者である。

ずっとあとのことだが、ある鳥類保護の会で、黒田長久博士の隣に座って食事をしたことがある。たしか「サカツラガンは酒面雁から来たのです」というようなお話をしながら、お酒をついでくださった。するとやっぱり、お殿様からじきじきに杯を頂いたという感じになるのだった。細面の立派な、どちらかというと猛禽系の、しかしそれが年齢によって穏やかになったような、普通には見られないお顔であった。

『日本動物図鑑』のように重い本を、どうやって読んだり、模写したりできたのか、といえば、私が子供の細腕で顔の前に持ち、横から島田の姉ちゃんが半分支えてくれたのである。本の内側が裂けているのは、両方から不均等な力がかかったからである。

今でも私にとっては、本を片手で持ち、寝転んで読むのはなんでもない。かなり重い本であっても、平気である。

17

絵物語は夢の缶詰

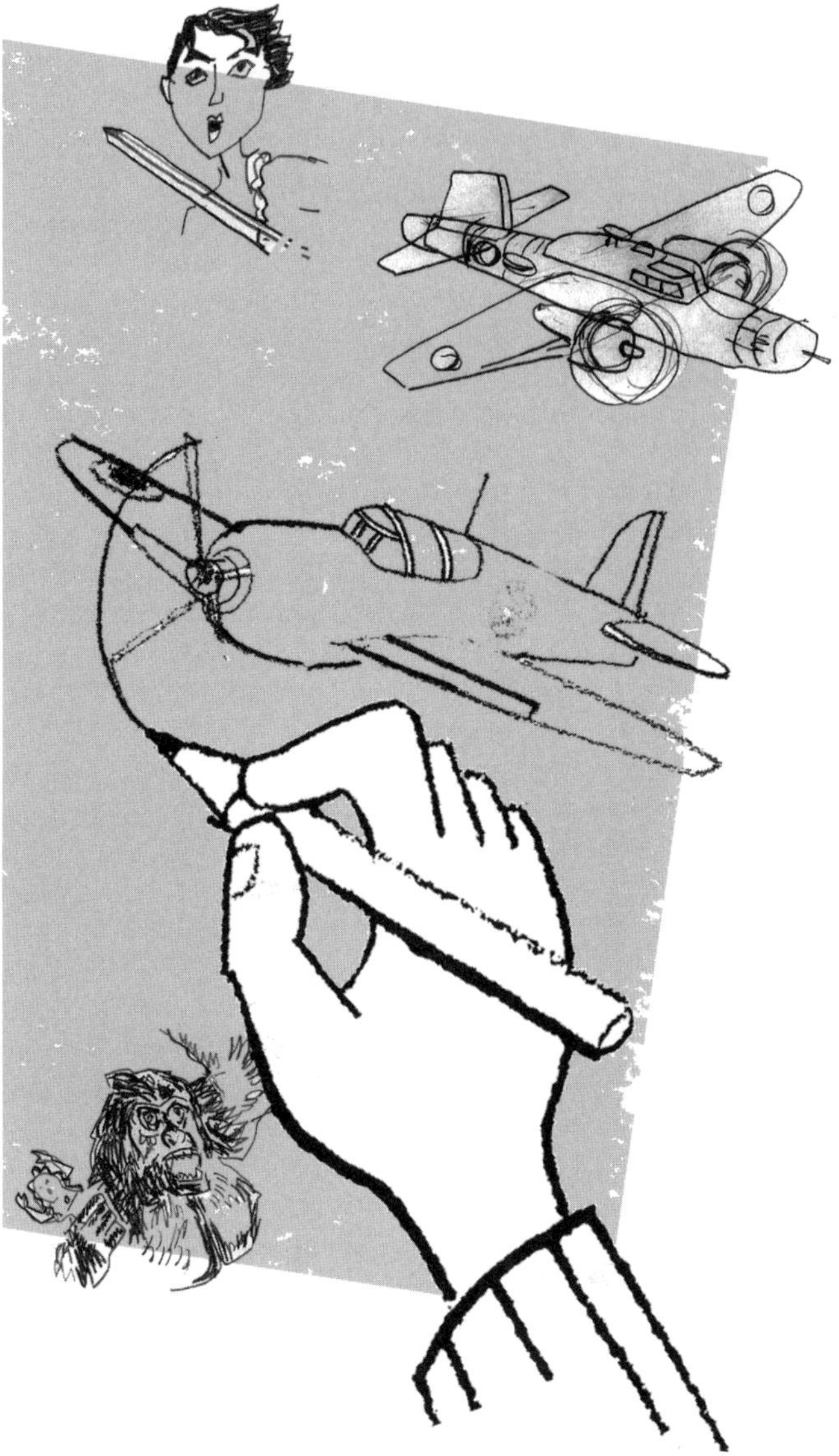

石膏《せっこう》のギプスで身体《からだ》がほとんど固定されてしまっているから、毎日、天井を見て仰向《あおむ》けに寝ているだけである。苦痛はもうなくなっているけれど、そうなると、今度は退屈でたまらない。何しろ小学三年生である。看護婦の島田の姉ちゃんが、いろいろ気をまぎらわせることを工夫してくれた。

「絵を描いてみたら」

と言うので、「ガバン」というものをどこかから出してきてくれた。野外などで写生するときに用いるあの画板である。

黒い板の隅に二か所穴があけられていて、紐《ひも》が通してあった。その紐を首にかけて手で突っ張ると、寝たままでも絵を描く台になる。ボール紙か何かの硬い芯に、黒い布が貼ってあった。その上に藁半紙《わらばんし》を載せて、４Ｂの鉛筆で、絵を描いた。

リンゴとか、花とか、そんなものを持ってきてもらって写生してみたけれど、面白くない。私は、絵本の絵を真似《まね》して描いてみた。絵をお手本に絵を描くのである。すると自分でもうまく描けているような気がした。特に獣や鳥の絵。それに、絵に描こうとすると、どこがどうなっているか、細部を注意して見るようになる。

少年雑誌がたくさん出版されている時代であった。もちろん、月刊誌である。集英社の「おもしろブック」、講談社の「少年クラブ」、光文社の「少年」、少年画報社の「少年画報」、秋田書店の「漫画王」……どれも表紙には健康優良児風の子が楽しそうな表情で描かれている。それらをうちで取ってもらって読むようになった。真似して描いたのは、山川惣治《やまかわそうじ》の象や馬と、小松崎茂《こまつざきしげる》の飛行機の絵であった。

「おもしろブック」に山川惣治の絵物語『少年王者』の連載が、私なぞが自分で読めるようになる以前から続いていた。兄たちが読んでいたのである。絵物語というのは、あくまでも絵が主体で、文は絵の説明である。物語に一、二枚の挿絵をつけた従来の小説とは違う。字ばっかりが続いていると、小さい子には歯が立たないけれど、絵物語は文章が短いから読みやすい。

『少年王者』は、アフリカで両親とはぐれ、コンゴの密林に取り残されて、ゴリラに育てられた日本人の少年が、短剣一本で、巨大な悪役の赤ゴリラや、敵の部族を率いる豹《ひょう》の老婆、魔人ウーラなどと戦うというストーリーで、最後には奥地の湖に一頭だけ生き残った恐竜、ブロントゾウルスまでが登場する。

少年王者の牧村真吾が絶体絶命に陥ると、エジプト王の仮面をかぶった、怪人アメンホテップが現れて危機を救うのである。怪人は、「ライトニングジープ」という、どんな悪路でも平気な、それどころか、道なき道をも走破する車に乗っている。

ジープといえば、米軍のMPやGIが、焼け跡をジープに乗って、まさに我が物顔に走り回っている光景がまだ記憶に新しい時代であった。ほんの十年前ほどまで、この連中が、空から焼夷弾《しょういだん》を落としていたのだし、乗っている車は、軽快で強力な、エンストなんかしない自動車であった。子供雑誌の年長の読者の中には、それこそ、「ギブミーチョコレート」と叫んだ経験のある子供もいたはずである。

この王の仮面のモデルになった、ツタンカーメンのミイラを納めた黄金の棺《ひつぎ》の実物を私は、大学生になってから、上野の博物館の展覧会で見ることになる。そしてそれから約五十年経《た》ってもう一度、同じものを見ることができた。

『少年王者』のゴリラを狼《おおかみ》に替えれば、キプリングの『ジャングル・ブック』になり、短剣一本を腰に差し、次々と蔓草《つるくさ》を摑《つか》んで、空中を渡っていって「アーアーアー」と叫ぶ裸の少年は、バロウズの『ターザン』の少年版である。恐竜はコナン・ドイルの『ロスト・ワールド』に、ネス湖の怪物だろうか。赤ゴリラは、映画の『キングコング』から来ているように思われる。

そうした英米文化の影響が『少年王者』にぎっしり詰まっていることはだんだんわかってきた。それらの翻訳、あるいはリライトされたものを読んでいったからである。

特にターザンは、オリンピックの水泳選手として活躍したあと、ターザン映画に主演したジョニー・ワイズミュラーで親しまれていた。アメリカの都会文化、そしてハリウッド製アフリカの野生のイメージが、日本人の頭に刷り込まれた時代である。そこでの少年の活躍を描いた山川の地の文に、愛国的な言葉が、ときどき織り込まれている。

『少年王者』の最初のほうについていえば、私は兄たちが読んでいるのを覗《のぞ》く程度で、現役の読者ではない。後に広告によって『少年王者』の単行本の存在を知り、書店を通じて注文を出してもらったけれど、長い間待たされたあげく、「品切れ」と返事が来たらしかった。

島田の姉ちゃんに頼んで、直接、集英社に問い合わせの葉書を書いてもらったが、答えは同じ。古本屋で見つけて永年の渇を癒やしたのはずっとあとのことである。児童書は古本屋でもあまり扱わなかったようで、それに、あの頃、東京と地方との距離は遠かった。

「あの時分にあなたを知っていればなあ」と大分歳上《としうえ》の、集英社の担当編集者に言ったら、「私が集英社に入った頃、山川惣治担当の先輩はちょうど定年になったところでした」と言われた。

ところで山川のもうひとつの代表的絵物語である『少年ケニヤ』との前後関係がよくわからなくなった。私が高熱を発して寝ていた小学二年生の冬、すなわち昭和二十六年、「産業経済新聞」に連載が始まったのは『少年ケニヤ』であった。しかしその前から、「おもしろブック」の『少年王者』は知っていたし、主人公の真吾がとうとうニューヨークまで行って、密林で鍛えた、今でいうなら驚異の身体能力で、軟弱な都会人の悪漢を手もなくやっつけるところも読んでいる。ふたつの物語を同時期に読んでいたような気がするのだ。正確にはどうなっていたのか、と思っていると、ありがたいことにいい本があった。三谷薫・中村圭子編『山川惣治』（河出書房新社）である。

そこに入っている、三谷薫作成の「山川惣治書誌」を参照すると、『少年王者　第1集　おいたち篇』（集英社）の単行本が出たのは終戦後間もない、昭和二十二年十二月のことである。『第2集　赤ゴリラ篇』が二十三年の六月、さらに『第3集　魔人ウーラ篇』が同年の十二月、『第4集　豹の老婆篇』が昭和二十四年の六月となっている。そしてそのあとに、次の項目があった。

昭和24年（1949）9月
少年王者『おもしろブック』創刊号（集英社）昭和24年9月〜昭和27年2月、昭和27年5月〜昭和31年6月。

つまり、『少年王者』は集英社から、まず単行本で四冊出版され、次いで「おもしろブック」に連載されるようになったのだ。

昭和二十七年にはいったん連載が中断されたが、同年五月には再開され、昭和三十一年六月まで続けられたのである。しかも「産業経済新聞」の『少年ケニヤ』連載は昭和二十六年十月七日~昭和三十年十月四日と、これも同書にあるから、このふたつの連載は、時期が重なっていることになる。

なるほど、それならわかる。

そしてこの『山川惣治』のはじめのほうには、こんなことが書いてある。

終戦直後、山川惣治は紙芝居『少年王者』を描く。それに注目した小学館の社長が、関連会社の集英社から昭和二二年(一九四七)単行本の『少年王者』を発売し、それが驚異的な人気を呼んだ。それまで小さかった集英社が、この大ヒットで大出版社になったほど、『少年王者』の売り上げは爆発的であった。また山川自身もこの作品によって、時代の寵《ちょう》児《じ》となった。

『少年王者』がはじめ紙芝居であったことはよく知られていると思うけれど、これほどの人気作だったとは知らなかった。紙芝居の作品では、『黄金バット』のことばかりが喧伝《けんでん》されているようである。『少年王者』はすでに紙芝居の作品があったから、すぐ単行本化することができたということか。

そういえば、山川惣治は、どういうところが子供に受けるか、よく心得ているようである。たとえば、魔人ウーラとアメンホテップとが戦う場面など、魔人が「ウーラ～、ウーラ～」と恨み声を発すれば、正義の味方は「アメン、アメンホテップ」と叱りつけ、手にした杖《つえ》でハッシと撃つのである。子供たちは興奮しただろうし、紙芝居のおじさん、いわゆる「売人」も熱が入ったにちがいない。これが雑誌に連載され、絵物語として人気を呼んで、その後、さらに文字の少ない劇画や漫画の時代になってゆく。

このように、山川は、まず紙芝居作家として成功したのであった。先の本に、製版所で働いていた絵のうまい山川少年は、「川端《かわばた》画学校の夜学に通ったり、新聞のマンガ募集に投稿するなどして、絵の勉強を続けた」とある。

初めて印刷物に掲載された山川の作品は、『活動狂の夢』と題されたもので「東京市本所区外手町　山川惣治君」本人らしき青年が、両手を組み、枕代わりに頭の後ろにあてがって、畳の上に寝転んでいる。

「活動」とは、もちろん「活動写真」の略で、映画のこと。明治末年生まれのこの世代は、たいてい活動が大好きである。その夢が漫画タッチで、湧き出す妄想のように、吹き出しいっぱいに描かれている。

それらは、オートバイ、ラブシーン、モージュウ（猛獣）、ケンゲキ（剣劇）、カーボーイ、セップン、ケンタウ（拳闘）、ジョユウ（女優）などと、漫画の下に記されている。セップンの場面、男はハンフリー・ボガートであろうか。「貯金をしているため、ろくに見もせぬ映画のいろんなばめんを空想してかいたものだった」と自伝絵物語『ノックアウトQ』の中に、山川自身の言葉で記録されている。

絵さえ描ければ、たとえ下宿の三畳間にいても、紙一枚の上に、ハリウッドの女優でも、アフリカの猛獣でも、オートバイでも、飛行機でもなんでも、あたかもアラジンのランプのように、想《おも》いのままに現出させることができるのである。あとになって山川は、面白いものをなんでも自分の絵物語に詰め込んだ。そうして夢の缶詰のような絵物語を描くことができたのである。

私の場合も、それに似たところがあった、といえよう。ただし子供の私は病床に縛りつけられて、できることは空想すること、絵を描くこと、読むことだけであったが。貧しい下町の青年の夢と憧れは、貧しさのゆえに大きく強かった。誤解のないようにいっておくが、その当時、日本の青年は、一部の特殊な人を除いて、みんな貧しかったのである。

ギプスに半身を固められて寝ていた頃のある朝、私は、山川惣治の年少の子供のための絵物語『サーカスボーイ』の一場面を夢に見て、言い知れぬ懐かしさを覚えた。物語中の主人公の少年が、二度と会うことのできない、別れた友のように思われたのである。主人公の少年の顔を私は何枚も描きつづけたが、恋しいような気持ちは募るばかりであった。

大人になっても、この絵物語のことはときどき思い出す。先の本で調べてみると、『サーカスボーイ』は昭和二十五年四月から、二十七年三月まで「よいこのとも」(後に「よいこ三年生」と誌名変更)に連載されたということがわかるのである。

データのきちんとした、こういう研究書が出されるのはありがたいことである。しかし、これが博士論文など、大学のアリバイ文書風の業績作りに使われると興ざめである。それも新事実発見の功名心に駆られ、また何か難しいことを言おうとして言葉を飾り、サブカルチャーだの、言説だの、エクリチュールだのと、耳慣れない言葉遣いで論文に仕立て上げられると読む気がしなくなる。

山川惣治、小松崎茂、南洋一郎《みなみよういちろう》などは、団塊の世代よりまだ上の、昭和一ケタ世代の人たちが主なる読者であったために、若い研究者に荒らされるような被害はまだしも少なかったが、昭和の二十年代、三十年代には、それらの物語は時として、俗悪なものとして扱われることもあったということを忘れてはならない。大宅壮一《おおやそういち》のように、よくものが見える人でさえ、漫画などを理解しようとはしなかったし、優等生の読むべきものではない、と信じて疑わない教育者や、いわゆる保護者、後にＰＴＡと称する人たちは多かった。

その後の高度経済成長期に育って、少年週刊漫画誌やテレビの全盛時代が過ぎると、それらを読んで、あるいは観《み》て育った人たちが、駄菓子の大人買いでもするような、一種ナメタ気持ちでそれらについて書いたりするのが見受けられる。本来儚《はかな》いものを相手に、研究者にありがちな、土足で踏みにじるような、無感動な扱いをしてもらいたくはないものである。

18 小僧の神様

画家にも、得手不得手は当然あり、得意のテーマがある。挿絵画家は基本的になんでも描けなければいけなかったのだろうと思うけれど、山川惣治《やまかわそうじ》は、超人的な少年を主人公とし、その少年が巨大な象や大蛇と仲間になる、いわば「動物もの」の絵物語を主に描いていた。

それに対し、鋭い線画の飛行機や戦艦など「機械もの」を得意としていたのは小松崎茂《こまつざきしげる》である。『空魔X団』という、空想科学物語が、たしか「おもしろブック」にあった。この絵物語が連載されたのは、私がまだ小学一年生だったように記憶する。この年の夏、私は最初に入院という体験をし、なんの治療もせぬまま、家で療養ということになったのだった。

『空魔X団』は名前の通り悪の集団で、地球を護《まも》ろうとする少年らが、それと戦うのである。アメリカンコミックスにモデルでもあったのか、今のCGを多用したSF映画のように、一種の宇宙戦争の物語であった。

自分ひとりで読んだのではなく、看護婦の島田の姉ちゃんに読み聞かせてもらった。読み聞かせというのはなかなか味のあるもので、いわば、個人紙芝居である。

何度も読んでもらって、筋も細部もよく知っているものの、やっぱり、主人公が危機に陥ると、緊張して聞き入る。その上、ほかに誰もいないから、途中で質問もできるのであった。

それでも、島田の姉ちゃんも、多分知らんやろな、と思われるようなことは、あえて訊《き》かなかった。子供ながら、ちゃんと忖度《そんたく》というものを心得ていたようである。それでも、「ヘルメットワームて何?」と訊いたのは、先に名を挙げた『空魔X団』を読んでもらっていたときで、「この飛行機みたいなやつ」と島田の姉ちゃんは指差した。

それぐらいはわかっている。でも僕はその意味が知りたいのだ。

小松崎の絵物語では、その「ヘルメットワーム」という、後の宇宙戦争映画に登場するような乗り物がギューンと自由自在に空を飛び、派手な光線銃の銃撃戦が繰り広げられるのである。今になって考えると、この名前は、「兜虫《かぶとむし》」を直訳したものにちがいない。しかし、「ヘルメット」が「兜」なのは、まあいいとして「ワーム」はミミズなどの「地虫」であるから、ちょっとまずいのではないかと思う。

それはさておき、小松崎茂の飛行機は鋲《びょう》なども細かく描かれ、高速で回転しているプロペラにも、轟音《ごうおん》をたててうなるような臨場感がある。

真似《まね》して、まず円を描き、巴模様《ともえもよう》のようにペンで斜線を入れると動きが出た。

同じ作者の『大平原児』の主人公の少年は、チェックのシャツを着て、前髪を風になびかせているところなど、アメリカ風の出で立ちで、顔そのものもあちら風であった。もっとも、これは西部劇なのであるから、それも当然である。

そこに登場する、「トマホークのモーガン」という、黒いアイマスクの謎の人物がかっこよかった。いざとなると、インディアンの小型のまさかり、トマホークを投げるのである。

当時は映画館でも西部劇の全盛時代で、数々のジョン・ウェイン主演作をはじめ、アラン・ラッドの『シェーン』とか、『アニーよ銃をとれ』のような女性主演の西部劇までが次々に輸入された。

まぶしい蒼《あお》い空と赤い土、そして早撃ち同士の決闘場面に、みんな固唾《かたず》を飲んだものである。

夜になると、カウボーイたちは、枯れ枝などを集めて焚《た》き火《び》をし、豆を煮たシチューのようなものを食って、金属のカップで薄いコーヒーを飲む。あんなにたくさんの牛を追って移動しているのに、ビフテキなんか食ってはいない。

カウボーイが焚き火のそばでハーモニカを吹いていると、そこに、必ず、コオロギのような虫《むし》の音《ね》が混じるのであった。

後に、欧米人は、虫の音を鑑賞しない、左右の脳の使い方が違う云々《うんぬん》の学説が有名になったけれど、彼らも、少なくとも、雑音としては虫の声が耳に入っているらしい。

そういえば、山川惣治にも西部劇はあって、と話は戻ってしまうが、「漫画少年」誌の別冊付録に『銀星』という、アメリカの野生馬と、それを乗りこなす少年カウボーイとを主人公にしたのがあった。

こういう付録は親が捨ててしまうので、なかなか残らないと見えて、古本屋で探しても見つからない。今は、インターネットという便利なものがあるけれど、それで探してたまに出てきても高価である。

しかし、私が、ほかの誰よりも、画家として大尊敬していたのは、あの樺島勝一《かばしまかついち》である。

樺島勝一。その名を思い浮かべるだけで、私はそれこそ、畏敬の念に衝《う》たれる気がする。「少年クラブ」にそこだけ、白い上質の紙を使った折り込み頁《ページ》があって、樺島勝一のペン画が綴《と》じ込んであった。切り取って保存するようにしてあったのかもしれない。そこがいわば「少年クラブ」の神棚なのであった。

「戦艦サラトガ」「帆船ハーフムーン号」「縞《しま》ハイエナ」「スイスの名山ユングフラウ」「古武士」「ヨーロッパのシカ」「アホウドリ」「密林のトラ」「楽聖ベートーヴェン」……と次々に作品が思い浮かぶ。

もちろん私は真似して画用紙に描いた。兄貴か誰かから、お古の万年筆をもらっていたから、パーカーのブルーブラックのインクを入れたその万年筆で一生懸命描いた。

すると——当たり前だが——樺島の絵がいかに凄《すご》いか、ただ見ているときよりもっとよくわかるのだった。

風を孕《はら》んだ船の帆のふくらみ。生き物のようなその気配にも神聖なものがあるけれど、あの海の波の描写、それが本当の大海原の波なのである。白い波頭の無限の動きと空に広がる薄い雲の濃淡。その一瞬がとらえられ、「永遠」となって絵画化されている。……子供ながらに、その入神の技に感じ入るのだった。

生き物は生き物で、身体《からだ》の滑らかな輪郭といい、肢体の筋肉の力強い緊張の仕方といい、命そのものが描かれている。その一本一本の線を真似ようとするのだが、鹿の背中から脇腹にかけての毛の質感。これがどうしても真似できなかった。

ペン画ばかりではなく、樺島勝一は水彩でも抜群の技量を示していた。大島正満が説明文を書いた、講談社の絵本『世界の動物』の絵は、どの頁も素晴らしい傑作であるが、なかでも虎と水牛とが闘っている場面などには、ほれぼれする。伝統的な「竜虎相搏《りゅうこあいうつ》」とでもいったような円運動の構図で描かれていて、絵全体に品格があるのだ。

東南アジア産の希少な野牛、セラダンを、樹上に身を避《よ》けた現地人が鋭い槍《やり》で突き刺そうとしている絵もある。ミャンマーやラオスの奥地に棲《す》むという、肩の筋肉が盛り上がって、脚に白いソックスを履いたようなこの巨大な野牛セラダンに関しては、今でも資料が少ないが、英語やドイツ語、晩年にはオランダ語の独習を趣味とした樺島という人は、『ナショナルジオグラフィック』のような雑誌をはじめ、欧米の書物を所蔵、活用していたらしい。

もうひとつ、樺島勝一にはデザイナー、漫画家としての実力もあって『正チャンの冒険』をはじめとする作品が残っている。それらは「テング」にしても「ユメ」にしても一度見たら忘れられない、それこそ夢に出てくるような、〝奇《くす》しき〟作なのである。

『正チャンの冒険』の、大樹を背景に、手をポケットに入れ、リスを連れて歩いている少年の姿の表紙絵だけでも、不朽の名作と私は呼びたい。

セザンヌとかピカソばかり論じている美術史家は、挿絵というともう、それだけで相手にしない、というか研究対象にしないようだが、西洋にはペン画の伝統があり、また水彩の挿絵、風景画にも優れた画家と蒐集家《しゅうしゅうか》がいるようである。

もちろん少年雑誌で活躍する挿絵画家は少なからずいたわけで、美少年、美少女の得意な高《たか》畠華宵《ばたけかしょう》、武者絵の山口将吉郎、撃剣の伊藤彦造、ジャングルの物語でも、戦車、飛行機でも、なんでも描ける鈴木御水《ぎょすい》、と名を挙げることができる。しかしそれらの人の作品は、私にとって、ただ見るだけのもので、真似して描こうという気持ちにはならなかった。

兄たちが読んでいた古い「漫画少年」という雑誌に、樺島の『ペン画の描き方』の連載があって、紙質がざらざらして粗悪な上に印刷の薄い、その記事を私は繰り返し読んだ。

それはペン画の画材から、描く上での心得までを詳しく説いたものであったが、残念なことに、使用すべきペン先の種類、インク、紙など、そこに挙げられているものは、田舎にいては手に入らぬものばかりであった。

その中の、「ていねい過ぎるほどに下絵を取り……」という言葉を今も覚えている。ペンを入れる前に、HやHBなどの薄い鉛筆でまず描き、その線はあとで消しゴムで消すのだと知った。

ペンで線を引く基本練習というのもあって、単なる横線、縦線、それらを組み合わせた金網状の線のほかに、丸い半円のような線の練習もあった。

それは、京の菓子、八つ橋にコイルを巻きつけたような物体を根気よく描いていくのである。後に大学に勤めるようになって、退屈な教授会のときなど、この、コイルを巻いた八つ橋を何本描いたか知れない。

ところで今、『椛島勝一ペン画集』の復刻版を見てみると、私が繰り返し読んだこの雑誌連載とは違いがある。

その代わりに、こんな言葉が目についた。

線というものは自然の中に存在するものでない。

そしてすぐ続けて樺島はこう、書いている。神経質で理屈っぽい人だったのかもしれない。

物象と物象との境界、もしくは物象と空気との境に線が見えるのである。その物象を描写するときに、その物象が他の物象、もしくは空気と境界をなす線をもって表現するのである。ゆえに線は絵画の基礎技巧をなすのである。

なるほど、樺島は線を消そうとはしていない。そもそも樺島のペン画はスーパーリアリズムなどというものでは決してない。それは線の芸術であって、一本一本の線が、生きたその主役なのである。

絵物語のあとに、漫画のブームが来た。一冊の月刊少年誌に五、六冊もの別冊付録の漫画がついてくる。それを大きなサンドウィッチのように、本誌に挟み、ゴムバンドで留めてあるのだ。毎月それが書店に届くので、得をしたような気持ちであった。

今はその時代のことが伝説的に語られているが、手塚治虫、福井英一、馬場のぼるなど、人気作家はそれこそ寝る暇もなかったにちがいない。

事実、『イガグリくん』や『赤胴鈴之助』の福井英一の場合は、今なら過労死といわれよう。手塚という人は、そんな、まさに超人的な仕事のペースを六十過ぎまで続けたわけで、どう見ても常人ではない。

『ジャングル大帝』の単行本を、小学二年生の夏、私は、島田のおばちゃんの手土産としてもらった。

その本は横長の変形判で、青いインキで刷ってあったような記憶がある。ジャングルの木の葉を一枚一枚細かく描いてある。この本を私はどれほど繰り返し読んだことか。

19 標本箱の宇宙

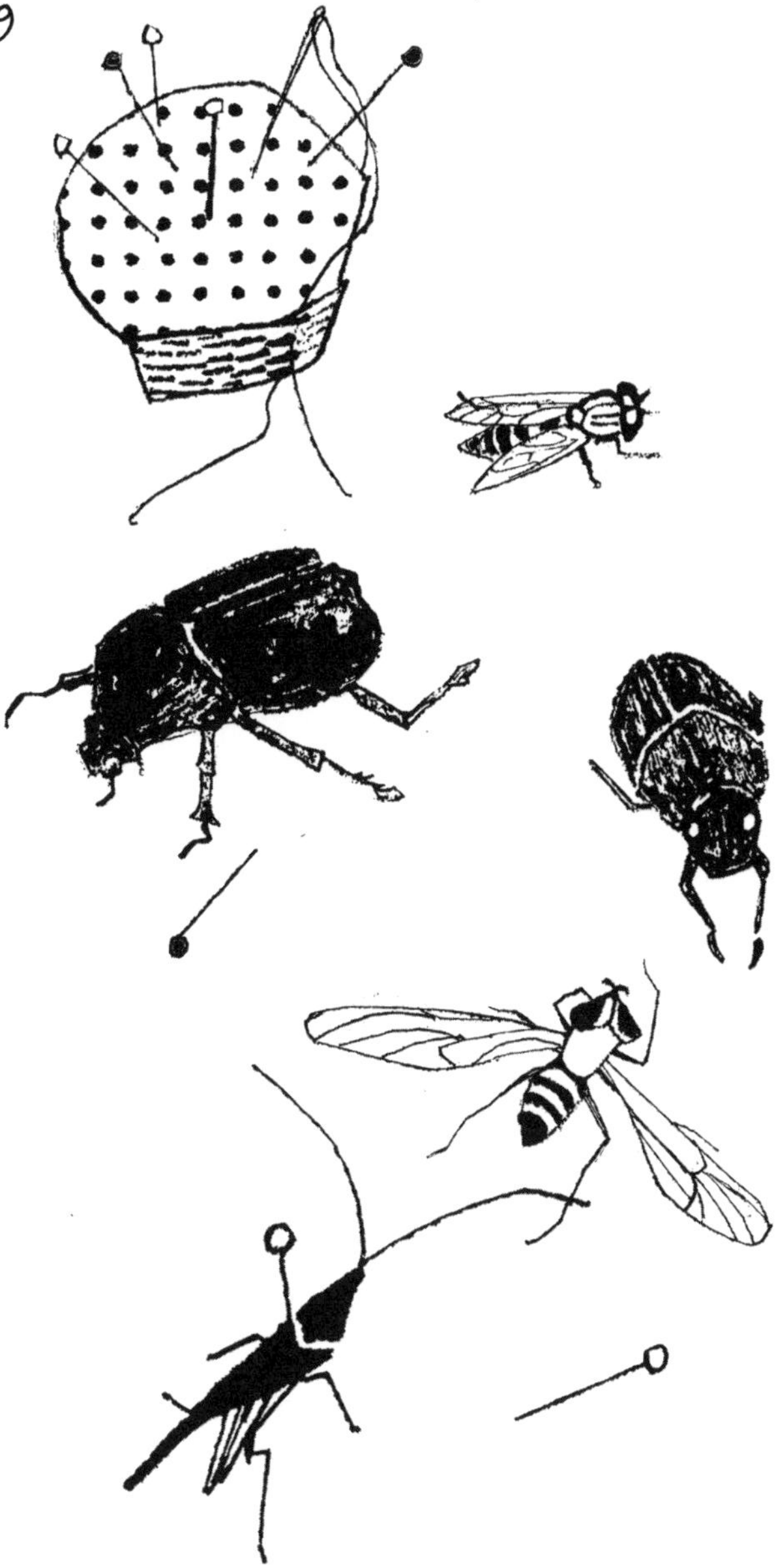

これもまた、小学四年生で、下半身を半分、石膏《せっこう》のギプスで固められて、じっと寝ていなければならなかった時分の話である。

いとこのタイスケ君が夏休みの宿題として作って、学校に提出した昆虫の標本を、返してもらったと言って見せてくれた。

昆虫標本というものを初めて見たときの快い衝撃を、なんというべきか。自分の本当に好きなものに出会った悦《よろこ》び、長い間無意識のうちに渇望してやまなかったものが、突如として眼前に現れ、まるで木組みがほぞ穴に収まるようにぴたりとはまったのである。その扉の向こうに、広大な世界が広がっていることは瞬時にわかったように思う。

針を刺して、翅《はね》や肢《あし》の形をきちんと整えた、形も色もさまざまな昆虫の標本が、底に茶色のコルクを敷いた、濃い緑のボール紙製の標本箱の中に整列している。ひと揃《そろ》いの虫の姿が文字通り私を魅了し、その世界に引き込んでくれたのだった。

箱の中に美と秩序があった。

ただそこにあるのは、秩序と美、豪奢《ごうしゃ》と静謐《せいひつ》と逸楽。

後にボードレールを読んで知った詩句だが、大袈裟《おおげさ》でもなんでもなく、まさにその世界が、ひとつの箱の中にあったのである。中国人なら、壺中《こちゅう》の天《てん》とでもいうのであろう。

「僕も昆虫採集やる」と私は言ったのだが、世間はもう秋であった。虫は目に見えて減っていた。夜間、灯《あか》りを慕って、病室の網戸の外にあれほど群れをなしていた水生昆虫が、いつの間にか来なくなっている。稲刈りまぢかの田んぼにも、赤蜻蛉《とんぼ》くらいしか飛んでいないだろう。近所の溜《た》め池《いけ》まで行けば、キチョウの秋型とか、何かしらいるだろうけど……自分には行けなかった。

島田の姉ちゃんが、さっそく探してくれた。会社の守衛さんに頼んで、家の周辺で調べてもらったのだが、夜の間に、製粉工場の灯りに来て死んだ、粉まみれで真っ白になった雌のカブトムシしか手に入らない。それでも、そのカブトムシの雌が虫の位でいえば一番偉い。とりあえず肢がトゲトゲするその死骸に、母の針刺しからもらってきた硝子《ガラス》の頭のついた留め針を刺し、カステラの空き箱の一番上に留めた。

以下なんでも手当たり次第に捕まえてきてもらって、並べていった。シロテンハナムグリ、ドウガネブイブイ、シオカラトンボ、ウシアブ、コウカアブと順位が下がる。

家の中でクロゴキブリが採れたので、どうしようかと考えたけれど、これも昆虫である、枯木も山の賑《にぎわ》い。丸めた新聞紙で叩《たた》かれ、変形したやつを、思い切って針で留めておいたら、たまたま雌で、卵鞘《らんしょう》の中の卵が十分に乾燥しておらず、腐敗したのか、二、三日して嫌な臭いがし出して、私は頭が痛くなった。

ゴキブリの臭いとカステラの箱の杉の香《か》が混じっていつまでも鼻腔《びこう》の奥に残っているような、なんともしつこい悪臭である。もっとも、その頃、私はちょっとしたことで頭痛がするのであった。

それ以来、普通種のゴキブリは嫌いである。第一、これは標本をかじり、本のノリをなめて汚す。

ただし、熱帯地方に棲《す》む、南米のブラベルスという巨大種や、中型で、襟首に蛍光色の帯のある珍品、それから黒いスポットのような面白い模様のある小型種などを、標本の売り立て会で見つけるとつい買ってしまう。しかしこういう種は、ゴキブリとはいえ、なかなか高価なのである。

タイスケ君のお兄さんのケンイチさんも、その二年前に昆虫採集をしていた。ケンイチさんは中学生で、採集用具を揃えて持っていた。

ある朝、表の電灯の横の暗がりからヤママユガを採り、アルコールを注射するところを見た。夜の間に灯りに来て、そのままそこにとまっていたのである。ケンイチさんが指でつまんでアルコールを注射するとすぐに死んで動かなくなった。小さい私は横で見ていたのだが、そのときは自分にもやれるとは思わなかった。ただ、ヤママユガの美しい黄色は、今も目に焼きついている。

父が薄い大判の、保育社刊『学習昆虫図鑑』を買ってきてくれ、アゲハチョウの仲間の頁《ページ》から始まるその本を、繰り返し眺めた。

そのうちに、とうとう、石膏のギプスの取れる日が来た。このギプスを巻きつけてくれたお医者さんが来て、電動のノコギリで、ジーンと白い粉を飛ばしながら、厚い石膏を切ってくれる間中、マジックショーじゃあるまいし、腹や脚まで切るんじゃないかと、ひやひやしたけれど、ガバリッとそれが取れたときは、解放感があって、子供ながら、「自由だ！」と、しみじみ嬉《うれ》しかった。まだ、ベッドに寝たきりで、その範囲内での自由なのだが。

一年半もギプスに覆われていたので、その部分の皮膚が、油紙のようにぺろりと剝《は》がれたのには驚いた。その茶色い、薄い皮を、捨ててしまうのは惜しい、標本として取っておこうかと一瞬考えた。

何よりありがたいことに、息苦しさがなくなった。ギプスで固定されている間に少し身体《からだ》が大きくなっていたのであろうか、大岩の下敷きになっていた孫悟空のように、もう、夜中に夢で魘《うな》されるようなこともないはず。

とにかく寝返りが打てるのである。そおっと横向きに寝てみる。内臓の向きが変わって、お腹がぐるぐる鳴る。そのうち背中に枕を当てて上半身だけ徐々に起き上がることもできるようになった。

視野が広くなった。それまで自分の枕上《まくらがみ》にあるものが見渡せず、もちろん手に取ることもできなかったのが、身の回りに何があって、どうなっているのか、わかるようになった。それだけでも十分に広い世界である。

食事のとき、ふと思いついて、腹ばいになり、自分で箸を持って、御飯を食べてみた。味噌《みそ》汁《しる》も、お椀《わん》から自分で食べるのと、他人にスプーンで飲ませてもらうのとでは全然味が違う。

それまでは、「あーん」と雀《すずめ》の子のように口を開け、ひと口分をスプーンで口に入れてもらい、自分は咀嚼《そしやく》するだけ。その合間に「吸い飲み」で生ぬるいお茶などを飲ませてもらっていたのである。

吸い飲みなどというものは、飲ませてもらう側にもコツが要る。下手《へた》をすると気管に入って噎《む》せてしまうから用心しなければならない。

もうあんな生活はまっぴら、といいたいが、歳《とし》を取って入院でもすればたちまち少年時代に逆戻りである。そのとき島田の姉ちゃんはいてくれるかしら、とは虫のいい。

それにつけても思い出されるのは最近亡くなった蝶《ちょう》仲間の友人のことである。彼は京都に住んでいたのだが、あるときから、ときどき私にかけてくれる電話の声が少しおかしいように感じられる。それこそ滑舌が悪く、舌がもつれるようである。おや、昼間から酒を飲んでいるのかなあ、忙しい社長がそんなはずはないし……と怪訝《けげん》に思っていた。

久しぶりに会ってみると、「ちょっと重い病気なんです」と打ち明けられた。「それも六千人にひとりという珍しいもの。小脳がだんだん縮んでいくらしい。もうすぐ、かもしれないし、あるいは二十年くらい生きられるかも、と医者は言うんです」と言うではないか。大脳が健全で、つまり頭がはっきりしていて、小脳が機能しなくなるというのはつらい。

体は動けず、ものも言えなくなるというのである。それでは肉体が魂を閉じ込める牢獄《ろうごく》になる。石膏の鎧《よろい》の経験がある私は、常々その病気が怖かった。その状態にまさか自分の大事な友人が陥るとは。

一年のうちの三分の一ぐらいは、海外出張だと彼は言っていたが、日本に帰国した翌日すぐ、時差ぼけの眠さをこらえながら、会議に出たり、人に会ったりするようなハードスケジュールをこなしていた。

私はこの友人と世界各地に採集に行った。実際、世界のいろいろな国に支社や工場があって、社長と山に入るときは、現地の事情に通じたスタッフが案内してくれるから、私までが大名採集旅行に便乗した。

友人の病状は少しずつ重くなるようであった。はじめは道がまっすぐ歩けない、ぐらいだったのが、外出するときは、呼吸が苦しくなったときのために、四角な重い、大きな機械をごろごろ引きずって歩くような状態になった。

蝶類学会に出席したときも、たまたま会員の中にいた医師が、さっと事情を察して、東大理学部の古めかしい階段教室の段々を、その重い機械を運んで下りてくれた。

彼がとうとう床に就いてから、励ましの手紙を書こうにも、どう書いていいのかわからない。はじめは、ｉＰＳ細胞の研究の進展を報ずる新聞記事を切り抜いて、もうすぐ治療法が開発されますよ、などと書いて送ったりしたが、そんなことはとっくに家の人たちが知らせているにちがいない。何を書いても空々しい慰めになるのである。

幼時、自分がまだ病気のはじめで寝ていたとき、近所のおばさんが病室に入り込んできて、もの珍しそうにあたりを見回しながら、私に向かって「可哀《かわい》そうにねえ、おばちゃんが代わってあげられたらいいのにねえ」と言ったことを思い出す。

もとより私は素直ではない。心の中で「あんな白々しいこと言うて」と怒りを感じた。偽善を憎むことのはじめであったろう。

「本当に僕と代わることができるとして、僕がそう頼んだら、このおばちゃん、うまいこと言い訳して逃げるくせに」

と私は思った。

自分と他人は違うのである。健康な人間に、病人の気持ちは本当にはわからない。いくら他人が一生懸命慰めてくれても、ずきずきする痛みは続いている。一方、見舞いの人は、病人のそばを離れると、当たり前のことながら、そんな痛みのことなんかすっかり忘れて愉快に暮らすことができるのである。

そういえば、痛みの激しいとき、島田の姉ちゃんが、「般若心経《はんにゃしんぎょう》」を唱えてくれたことがある。すると不思議に苦痛がやわらぐ気がするのであった。ただの慰めの言葉より、お経がいいときもある。

だから、友人が特に好きな蝶で、世界初の生態解明を目指していた、ジャマイカのホメルスアゲハの絵葉書を探して送るぐらいのことしか、おしまいにはできなくなった。

ときどき真夜中に、子供のときを想《おも》い出し、夢を見たりすると、今苦しんでいるであろう友人の永い永い夜を想像して、叫び出しそうな気持ちになるのだった。寝苦しいと、そういうことは今もある。自分がそう診断されたらどうするか。彼のつらかったことを想って、つい、睡眠薬の袋に手を伸ばす。

20 外骨格をつけて大阪見物

石膏《せっこう》のギプスを取ってもらって、小学生のミイラ男状態をなんとか卒業することができた。しかし、長いこと下半身を固定したまま寝ていたので、腰も膝も関節が硬い、というより動かない。

大学病院の医師の紹介で、マッサージの先生に来てもらい、揉《も》んで、少しずつ関節の可動範囲を広げる。今でいうリハビリである。けっこう痛い。それでも、育ち盛りの子供だからなんとかなったのではないかと思う。

ある晩、ふと、起き上がってみよう、と思った。

両腕を体の脇の支えとし、大枝に座った類人猿のように、上半身を起こして、ベッドの縁から足を垂らすと、長いことそういう姿勢を取ったことがないので、頭がくらくらする。そのときの電灯が妙に明るかったことを、いまだに覚えている。

起き上がると、脚の皮膚が痒《かゆ》い。ぼりぼり掻《か》いた。

「血の循環がようなったさかい」

と島田の姉ちゃんが説明してくれた。

ちょっと起き上がるだけで、いろいろ変わったことが起こる。それに何より世界の景色が違う。今まで横に見ていたものを縦に見るようになったのである。

「人間には、体の内部に、骨があって体を支え、その骨に筋肉がついていて、伸縮することによって運動することができる」
「一方、昆虫には、体の外側に硬い殻があり、筋肉はその内部についている。昆虫の場合は、外骨格といい、人間の場合は内骨格という」

というようなことが、子供の図鑑の巻末にも、そして昆虫学の本にも書かれているけれど、それがなんとなく自分の身で実感されるのであった。

なるほど、人間には、骨が重要である。筋肉だけで脚を突っ張って立つことはできない。タコには骨がないけれど、あれは水の中だからやっていけるのである。それにタコは火星人のように脚を突っ張って歩かない。

父母は喜んで、私を自動車に乗せて、大阪の街に連れていってくれた。しかし、これはまだ早かった。長時間起き上がっていると、腸の働きが活発化するのか、私は頻繁に便意を催して困った。

今度は、ベッドから離れて立つ訓練をした。立ち上がったのは二年ぶりだろうか。それでもまだ、足を踏みしめて歩くだけの筋力がない。

まず、革と金属のコルセットを装着することになった。やっぱり大学病院の先生の指示で、奈良から職人のおじさんが寸法を採りに来た。

革のコルセットは、たとえていえば、イセエビの殻を厚めにしたようなものである。西洋中世の騎士が身に着けていた、金属製の鎧《よろい》とも同じ機能を果たす。内骨格の体の外側に、補強の殻を作るのだ。

寸法を採ってからひと月ほどすると、おおかた出来上がったコルセットを抱えて、おじさんがやってきた。

その顔を見ての私の第一声。「タマムシあった?」

おじさんは「あったで。ちょっと傷んでるけどな」と答えて、私を狂喜させた。この前の話を覚えていてくれたのである。

吉丁虫《きっちょうむし》たるタマムシの話を、私は、戦前に出た大町文衛《おおまちふみえ》の『日本昆虫記』で読んでいて、いつか、標本を手に入れたいと思っていた。

大町文衛は、明治の文人、大町桂月《けいげつ》の次男で、三重高等農林学校(のち三重大学)教授の昆虫学者。そして、『日本昆虫記』は、戦前、挿絵つきで朝日新聞に連載され、ベストセラーになった昆虫随筆集である。兄貴の本棚で見つけて私の愛読書になっていた。

コルセット職人のおじさんは、この前、

「ほうか、タマムシ好きか。たしか、うちにあったな……」

と言ったので、今度来るとき持ってきてもらう約束になっていたのである。だから、私は、おじさんの来るのが待ちどおしくてたまらなかった。そして、その一方で、コルセットなどという器具を身に着けて歩くのが嫌でたまらなかった。

「着物が増えますように」との願いを込めて、簞笥《たんす》の中に保存されていたというタマムシは、私の掌《てのひら》の中で、全体が虹色に輝き、背中には、緑の地に、赤と青の二本の線が走っている。奈良のお寺の小さい宝物という感じがした。

暑い日で、おじさんはシャツ一枚になり、禿《は》げかかった額に文字通り、玉の汗を搔きながら、持ってきた完成間際のコルセットをまず装着してくれ、

「さあ、立って見なはれ」

と言った。それまでには、私のほうでも、ベッドの上に起き上がる回数を増やして、頭もく

らくらしないようになっていたようである。

立ち上がったとき、そして一歩踏み出したとき、コルセットをつけた体に、特に力のかかる部分があって、歩こうとすると、そこが痛くなる。主に、脚の付け根と、足の裏の一点である。

そこに、革を薄く削《そ》いで綿を詰めた小さなクッションのようなものをあてがって、痛くないようにする。何遍もコルセットを、着けたり外したりしながら、「ここ当たりますか？　痛《いと》おますか？」と、訊《き》きながら調整してくれて、やっと、「これで慣れていったら、自分で歩けるようになりまっしゃろ」というところまで仕上げてくれた。

銀色にメッキをした金属の細長い板が支えの骨の役割をする。そこにあけたビス穴を細かく調整し、またクッションを作るために、平たいノミのような刃物で革を薄く削ぐ。職人さんの仕事の手際のよさ。膠《にかわ》を煮る匂い。見ていると飽きなかった。

暑い日の午後のことで、おじさんも私も汗びっしょりになっていた。ときどき縁側を風が通るぐらい。スイカが出たけれど、それでは汗はおさまらない。仕事が終わって「お風呂入らしてくれまへんか」とおじさんは言った。

それでまだ脚の筋肉の力の弱い私も、おじさんに抱かれるようにして風呂に入れてもらった。

歩くということは難しい。二本足の人間だからかもしれない。以前には、何も考えることなく歩いていたわけだが、しばらくぶりで歩く、ということになって、大丈夫だろうかと考えたりするといけない。何も摑《つか》まるものがないと、後ろ向きに倒れるのではないかと怖くなる。

まずバランスを取って立つ。骨があるから立っていられる。筋肉は伸縮する機能だけ。そして、前のめりに倒れそうになるのを、「おっと」と、片脚で支えるのである。次に、直立の姿勢を経て、反対側の片脚を踏み出す、という順序。

これを繰り返して、ようやく前進する。大変な運動ではないか。家の中で、歩行訓練を繰り返し、その距離を伸ばしていったあと、いよいよ外に出ることができたときはまだ不安であった。

二年ほど見ていなかった世界ではあるが、別に何も変わってはいなかった。私がいようといまいと、この世界には関係がないのだということがよくわかった。

学校は長期休学のままであるが、そのうち行くことにして、島田の姉ちゃんと、少しずつ、歩く範囲を広げていった。歩くと、小さくかちゃかちゃかちゃと、鉄腕アトムのような音がした。

貝塚の街の駅下《えきさ》がりに、「山村座」という映画館があった。邦画専門館である。そこにちょうど『危うし！　鞍馬天狗《くらまてんぐ》』がかかっていた。長いこと映画を観《み》ていない。姉ちゃんが「観る？」と言ったので、ふたりで映画館に入った。どうせ、なんの予定もないのである。真っ暗な劇場内で、映画がもう始まっていた。

悪い役人たちが卑怯《ひきょう》な手段を使って、杉作少年を人質に取り、鞍馬天狗はやむなく、敵の手に落ちる。

鞍馬天狗に扮《ふん》しているのは、もちろん、嵐寛寿郎《あらしかんじゅうろう》である。長い顔で、覆面がよく似合い、重々しいものの言い方をする。

そのアラカンが、それから数年後に、『明治天皇と日露大戦争』で、明治天皇の役を演じた。明治人のアラカンにとって、天皇陛下の役を演ずるのはかなり緊張することだったらしい。

この映画も私は観ている。のみならず、中学校の運動会の仮装行列で、この私がアラカン演ずる明治天皇の役をした。自分で提案したのである。顔に髭《ひげ》を描き、学生服に金モールやボール紙の勲章をつけて、工夫を凝らした。たしかそれで、賞までもらったはずである。

『危うし！　鞍馬天狗』に戻ると、天狗を捕まえた悪者たちは、着物を着、覆面をしたままの天狗を縛り上げ、逆さに吊《つ》るして、そろりそろりと大きな深い井戸に浸《つ》けていく。

何かを白状せよ、ということだったのか。

そこで、『危うし！　鞍馬天狗』一巻の終わり、次回をお楽しみに、ということだった。しかし、ここが二番館のいいところだが、『逆襲！　鞍馬天狗』が、すぐ次の週に上映されるのであった。

もちろん、私と島田の姉ちゃんは、観に行った。

天狗の味方らは、なんと、井戸まで横穴を掘ってくると、天狗の身体を縛っている綱を切って抜き身の大刀を「はいっ」と渡す。天狗は、滑車から下がる綱を片腕で掴むと、ひらりとばかり井戸の外に躍り出る……という次第。

この解決は、子供の私から見ても、ちょっと安易なのでは、という気がした。

次には、電車に乗って、隣町の岸和田に行った。急行でひと駅だが、その頃の私にとっては大旅行である。駅前に、「岸和田セントラル」という、洋画専門の映画館があった。ジョン・ウェインやアラン・ラッド、リチャード・ウィドマークなどの活躍する西部劇はカラーだったが、ターザン映画や『恐怖の報酬』のような映画は白黒だった。

そのスクリーンの中にアメリカという世界があって、アメリカ人同士、こちらにはよくわからないことを言い合い、殴り合いまでしたあげく、鉄砲やピストルの撃ち合いになって、観客が味方したくなるほうが勝つようであった。

映画の間に、予告編が入る。それを観ると、来週も観たいと思うようになっている。スクリーンの両側にも、「次週予告」が貼ってあり、そこに、レイミランド・グレイスケリーという、長い俳優の名前が書いてあった。家に帰ってその話をしたら、「それはふたり分の名前や」と兄貴に笑われた。

南海電車のその駅前に、件《くだん》の映画館とパチンコ屋、それに梶川医院と木下書店があった。梶川先生は、耳鼻科の名医で、小学一年生のとき、海水浴で中耳炎になって何度も通った。

そのあたりにたこ焼きの屋台が立つ。親に叱られるから、買い食いなんか思いもよらなかったが、大阪の下町に住んでいる都会人の島田の姉ちゃんは平気である。

それで、外が熱々で、中がとろとろと練乳状の、たこ焼きの味を知ることができた。経木に包んで、ソースを垂らし、青海苔《あおのり》を振りかけたこの街のおやつは、刻一刻、味が変わる、なんともデリケートな食べ物なのだった。路上で、口を火傷《やけど》するほど熱いうちに食べなければ、本当の味はわからない。

映画の全盛時代が続いていた。小学二年生で、まだ学校に通っている頃、貝塚の街にも、洋画専門の映画館ができていて、ウォルト・ディズニーの『白雪姫』や『バンビ』などを上映していた。『バンビ』を見て、これを紙芝居にしようと、私は思いついた。

同級生を三名、家に連れてきて、「小学生朝日」の写真を頼りに描き始めた。画用紙を一枚とクレヨンを渡して、それぞれひとつの場面を描いていくことになった。

ところが、私に言わせると、同級生はみんな下手なのだ。それで、黒のクレヨンで、他人の絵の輪郭をすっかり描き直してしまった。友人たちは文句を言わなかったけれど、もともとやる気がなかったから、てんでに、そこに散らばっていた本を読んでから帰っていった。私も、もう、友達と紙芝居を作ることなんかどうでもいい、勝手にしろという気持ちになった。

考えてみると、こういう状況に私は慣れている。蜻蛉《とんぼ》捕りをしても、絵本の話をしても、自分が熱狂することに、相手が同じように熱狂するわけではない。本当に大事なことは、むしろ人には洩《も》らさないほうがいいような気がする……そんな自分勝手な、一種羞恥心に似た感情を、私は、むしろ大切にしてきたようである。

21

大切なことは蝶から学んだ

金属と革のコルセットをつけて、少しずつ外を歩けるようになった。看護婦さんがついてきてくれる。その頃島田の姉ちゃんは大阪に帰って、山本さんという、女優の山本富士子にちょっと似た人に替わっていた。

しかし、いつまでもうちでふらふらして映画を観《み》たり、たこ焼きの買い食いをしたり、近所の溜《た》め池《いけ》に蜻蛉《とんぼ》を捕りに行って日を過ごしたりしていてはいけない。子供は学校に行くものである。もちろん行きたくはない。だから、渋々行った。

何年生のクラスに戻るのか。小学二年生の冬に高熱を発して寝たきりになってからずっと休んだままである。それでも、結果的に、五年生として復帰させてもらうことができた。同級生がみんな顔見知りであったのは、本当にありがたいことであった。

出席日数の足りない生徒は進級させない、と言われたら、私は二年くらい遅れたクラスに通うことになっていたであろう。そうしたら、豆粒のように小さい生徒さんらと一緒になって、もうとっくに知っていることばかりの授業を我慢してもう一度聞かなければならないところであった。まわりとは、話が合うはずはない。

それでなくても、同級生とは話が嚙《か》み合わなかった。戦前の台湾の虫の話なんかしたって、誰も聞いてはくれないに決まっている。人間というものは変わらない。要するに、今の私と同じ人間が小学生としてクラスにいたのであった。

学力のほうは、家庭教師の先生に習っていたから問題はない。校長と担任の先生が毎年、うちに来てテストをしてくれていたし、毎日家にいて難しい本を読んでいる。

それらの本は、自分では難しい本だとは思わなかったけれど、常識的にいって易しい本ではない。戦前に発行された図鑑の類が、それこそ枕頭《ちんとう》の書《しょ》なのである。本字、旧仮名で書かれているし、横書きの文章などは右から左に読むこともある。それを、すらすらとはいかないが、読みこなすのであるから、たしかに、妙な小学生であった。

新光社から昭和六年に発行された『日本地理風俗大系15 台湾篇』というような本が、図鑑類のほかに私の愛読書であって、その写真の下につけた説明文は、右から書いてあった。

なぜこれが私の愛読書なのか、といえば、それはやはり、戦前発行された図鑑に出ている台湾産の昆虫に、私がそれこそ身も心も魅せられていたからである、という話はあとで書く。

付き添いの看護婦さんの山本さん用に、教室の後ろに机と椅子が用意されて、山本さんは、そこで編み物をしたり本を読んだりしていたようである。授業のあと、山本さんが目を真っ赤に泣き腫らしていたので、何があったのかと思ったら、藤原てい著『流れる星は生きている』

という、満州からの引き揚げの惨憺《さんたん》たる苦労話を読んでいたのである。山本さんは別に、同じような体験をした人のようでもなかった。

うちの近所にも、やはり満州での引き揚げ体験を語る婦人がいた。その人の抱いてきた乳幼児が高熱を発して死んでしまった。そのままバケツの底に布で包《くる》んで、何日間も抱えていたのだが、とうとう捨てなければならなくなった。汽車の窓から南無三、と投げると、汽車についてきていた狼《おおかみ》の群れが、すぐさま貪り食ったそうである。その人が帰ったあと、母はいつまでも泣いていた。

そんな体験をした人が、身の回りにいくらでもいた。私の学年の父親の何割かは、戦死または戦病死ではなくても、なんらかのかたちで、戦争が原因で死んでいるようであった。クラスで一番真剣に、よく勉強したサイトウ君のように、お父さんが、戦地で病を得、日本に帰国して、しばらくしてから亡くなったので、戦病死扱いにならない、という気の毒な例もあった。母子家庭のサイトウ君は笑わない男であった。東大法学部に行って大蔵省の官僚になるんだ、と作文に書いたそうである。それを読んだ山本さんが、ひどく感心していたけれど、私にはほとんどなんのことかわからなかった。

それにしても、教室の後ろで本を読んで泣いている人がいたりしたのでは、私の担任の岡根先生も、さぞや授業がしにくかったにちがいない。

いろいろな方々に迷惑をかけながら私は暮らしてきたようである。しかし、そんな迷惑をかけることができたのも、結局のところは父母のおかげであったと思わざるを得ない。

そうやって、再び学校に行き始めたのは、ちょうど初夏のことであったが、同時に私は再び外に出て虫捕りができるようになったわけである。母についてきてもらって、家から六キロほど離れた水間鉄道《みずまてつどう》の終点まで行くと、すぐ小さな山があって、ミカン畑になっていた。

夏の暑い日、足元にはいつも、キオビベッコウという、大型の狩りバチがいて、触角をビビビと敏感そうに震わせながら歩き回り、獲物を探していた。翅《はね》がオレンジ色でひどく目立つ。これは、クモを獲物としていて、毒針で急所を刺し、穴倉の中に保存して、幼虫の食料にするハチである。うちの裏庭でも一回だけ見たことがある。大きなオニグモを狩っていた。こんな昆虫の生活史について書いたファーブルの『昆虫記』を、後に翻訳することになろうとは、もちろん、思いもよらなかった。

モンキアゲハが、素晴らしいスピードで飛んでいた。黒い大型の、南方系のアゲハチョウの一種である。ミカン畑だから、数が多いのか。この蝶《ちょう》の幼虫はミカンの葉を食べるのだ。アゲハチョウの仲間などは、こんもり茂った木の間の、一定のコースを飛ぶ。だからそこで待っていれば採るチャンスはある。じっと網を構えて待っていて、射程内に入れば乾坤一擲《けんこんいってき》、網を振る。

そうでなければ、花に吸蜜に来るのを待つ。雌はまたミカンの葉に産卵に来る。そのときは比較的採りやすい。

図鑑で見るモンキアゲハは、大きな黒い蝶だが、後翅《こうし》の紋が黄色い。だから「紋黄揚羽」なのだが、生きているものは紋が白いのである。それとは逆に、シロスジカミキリは、本来は、〝キスジカミキリ〟なのだと知った。学者は、生きた虫よりは、標本、つまり死んだ虫を見て名をつけるのである。

ユリの花のいっぱい咲いているところで待っていると、クロアゲハやカラスアゲハが吸蜜に飛んでくる。それを大きな捕虫網でふわりと捕まえる。指でつまんで網から取り出すと、蝶の体からユリの香りがした。こんなことは本に書いてなかった。

そのうちに車で、水間観音の奥の和泉葛城山《いずみかつらぎ》に連れていってもらった。山頂付近には、モンキアゲハがもっとたくさん集まっているようであった。メスグロヒョウモンの黒い雌、それも羽化したばかりの新鮮な個体を続けて二頭採った……こんな細かいことを覚えている。覚えていても役に立たないことばかり、他人にとってはどうでもいいことばかりである。すべて蝶が唆《おし》えてくれた。蝶を見ながら私は、勝手な生き方を自分で自然に身につけた。

和泉葛城山の登山口近くに蕎原《そぶら》という集落があり、そこに小学校があった。私の小学校では、そこの講堂を借りて夏の林間学校が開かれる慣《なら》わしであった。

前年、私がまだベッドから動けないとき、この林間学校に参加したいとこが、

「そこの学校の校庭の端が崖になってて、カブトムシがなんぼでもいてるんやぞ」

と言った。それで、私は、次の年になって学校に通うようになると、勇んで林間学校に参加した。ところが、その校庭の崖のどこを探しても、クヌギの木なんかないし、カブトムシの影も形も見当たらない。いとこは前年「どうせ、こいつはそこには行けまい」と思ってあんなホラを吹いたのであろう。悪気はなかったにちがいない。しかし、おかげで私は一年間、楽しい夢を見せてもらったことになる。

自分が本当に大切にしているものについては、あまり人に言わないほうがいい、などと、私はいつの頃からか思うようになった。そしてこの、一種、すねたような考えを抱くことは、今考えてみると、「あいつらにわかってたまるか、ざまー見ろ」というような独りよがりの快感

につながるようであった。

他人に理解されたい、と望むのも、理解されないことを嘆くのも、結局は快感につながるようである。いずれにせよ、人間というものは、あるいは私という人間は、厚かましく、タフにできている。


そのようにして小学五年生の途中から学校に通うようになった頃、私の頭の中をいっぱいに占領していたのは、台湾とその昆虫のこと、そしてそれを教えてくれた、何冊かの書物であった。

それらは、平山修次郎の『原色千種　昆虫図譜』、『原色千種　続昆虫図譜』と加藤正世の『趣味の昆虫採集』である。

いずれも昭和初年に、三省堂から出版されたもので、まさに一世を風靡《ふうび》した昆虫少年の愛読書であった。

昭和の初年であるから、もちろん、本字、旧仮名で書いてある。その時代に中学生だった人の大切な本を、父が借りてきてくれたのである。私より十数歳上の、戦前生まれの人たち、作家でいえば、たとえば北杜夫《もりお》さんの時代の本であって、日本人が、胸を張り、背伸びをしていた時代のものであるから、戦後発行された本にはない、威勢のよさ、褒めていえば格調の高さがあった。

今見ればくすんだ小さい本だが、こんなに豊かで美しい書物がこの世にあるのか、そしてこんなに、見事な、魅力ある昆虫が現実の世界にいるのか、と思った。すべてを想像力が補強した。

日本全土の昆虫のみならず、台湾、朝鮮半島の種まで、ことごとく網羅されている。天然色の図版とそれに付された簡潔な解説。

たとえば、台湾のコメツキムシに、「アカヘリオホアヲコメツキ」という大型の美しい種がいる。そこにはラテン語で学名が記されたあとにこうある。

コメツキムシ（叩頭蟲）科
體ハ緑藍色。美麗種ナリ。成蟲ハ五月頃ヨリ出現ス。
臺灣ニ產ス。

同じくコウトウキシタアゲハの解説。

本種ハ紅頭嶼産ノ著名ナル種類ニシテ、臺灣本島ニハ産セズ採集容易ナラザルモノナリ。
雌雄色彩斑紋ヲ異ニシ、雄ハ後翅ヨリ逆光線ニヨリテ、美シキ眞珠様光澤ヲ發ス。

そうやって、天然色写真と文語文で紹介された台湾に憧れ、私は半ばその世界に住んでいた。「採集容易ナラザルモノ」を、まさかこの私が自分の手で採集するときが来るとは、そのときは思わなかったが、後に酷暑の島、紅頭嶼《こうとうしょ》でこのコウトウキシタアゲハを、それも雌の完品を、捕獲したのであった。

台湾に関係のあることどもが、何かにつけ懐かしくてならない。先に言った、『日本地理風俗大系15　台湾篇』に掲載されている写真が文字通り目に焼きついていた。自分は、かつてそこにいたのではないか？

それで、その頃私は、外に出かけるとき、

「どこ行くの？」

と、問われると、

「台湾」

ときっぱり答えるのであった。

母は、私の絶対の味方であった。別に虫のことに興味を持っているわけではなかったけれど、毎朝、新聞数紙に丹念に目を通し、虫の記事を見つけると、必ず切り抜いてくれた。それは私がいい大人になって家を離れてからも習慣のように続いて、「元気にしてゐるかと心配してゐます」と、切り抜きにいつも同じ短い文を添えて送ってくれるのであった。

長寿であった母は、九十歳を過ぎた頃、週に何回か、近所の施設に、お遊戯や手工芸に通っていたそうである。

母の死後、その頃作ったという作品が、大阪の妹から、東京の私のもとに送られてきた。大きめの画用紙一面に、色紙をちぎって描いたそれは、真っ黒なオオクワガタと、青い模様が鮮やかなオオムラサキとが一枚ずつであった。

（おわり）

あとがき

スマホとパソコンが我々の生活を変えた。スマホを忘れて外出したら——やっぱり、取りに帰ることになる。どこかに置き忘れてしまったら、魂を裸で置き去りにしたような不安を感じる。その代わり、スマホ一個を持って家出でもなんでもできる。金もこの中にある。人間がスマホを所有しているのではなく、スマホという、小悪魔のような道具に、人間が支配されている。時代遅れのこの私でも、パソコンがなければ原稿が書けないような気がする。頭はますます悪くなる。お家がだんだん遠くなる～いま来たこの道帰りゃんせ～と言われても、その道が帰れないのだ。

こういう便利な道具が手元にない頃には、どうやって生活していたのか、もはや想像もできない。つい、五年ほど前の自分のことなのに。

人間は、道具を造り出して進化したと思われているけれど、実は道具を得て退化したのである。

刃物があるから犬歯が弱くなり、紙と鉛筆があるから記憶力がダメになった。『古事記』も『ユーカラ』も、あんな長いものを暗唱するなんて我々には思いも寄らない。

ＡＩやＩＴを操る人たちが情報を独占し、富を独占し、世界を動かしているらしい。

しかし、そんなことは――少なくとも今しばらくは――自分とはあまり関係がないようである。それより、世界は変わったにはしても、幼少時以来の、自分の人生はもっと変わってきた。大人から見れば表面平凡ではあっても、子供の運命というものはほとんど常に激変する。

子供はそれを、毎日切り抜けていく。そしてそれが、彼らにとっての日常というものなのである。蝶《ちょう》の蛹《さなぎ》を想像してもらえばいい。あの枯葉包みのような形状の内部で、すべてがいったん溶融し、羽化を待つ。あれが生命の坩堝《るつぼ》なのだ。

子供は些細《ささい》なことで傷つき、感受性の表面が肥厚するまでそれは続く。おこがましくも、その幼虫的断腸亭日乗、病牀三尺をここに記した。

Après moi le déluge.（アプレ・モワ・ル・デリュージュ――アトハシラナイ。）

２０２０年３月６日　　奥本大三郎

奥本大三郎　おくもと・だいさぶろう

1944年大阪府生まれ。フランス文学者、作家、NPO日本アンリ・ファーブル会理事長、埼玉大学名誉教授。主な著書に『虫の宇宙誌』(読売文学賞)、『楽しき熱帯』(サントリー学芸賞)、『虫の文学誌』など。『完訳 ファーブル昆虫記』で第65回菊池寛賞受賞。一連の活動に対して2018年第53回JXTG児童文化賞受賞。

蝶の唆《おし》え

現代のファーブルが語る
自伝エッセイ

2020年4月22日　初版第1刷発行

著者　●奥本大三郎
発行人　●杉本 隆
発行所　●株式会社　小学館
〒101-8001
東京都千代田区一ッ橋 2-3-1
編集 03-3230-5545
販売 03-5281-3555

印刷・製本　●萩原印刷株式会社
製本所　●若林製本工場

ISBN 978-4-09-388751-9

装丁・デザイン
　＊大久保裕文・村上知子(ベターデイズ)
DTP　＊中島由希子
イラスト　＊谷山彩子
校正　＊小学館クォリティセンター
制作　＊浦城朋子、斉藤陽子
販売　＊小菅さやか
宣伝　＊阿部慶輔
編集　＊宮川 勉(小学館)
　＊齋藤 彰、安武和美(月刊『本の窓』)
協力　＊一般財団法人　日本児童教育振興財団

JASRAC出　2000997-001